微微萤火  照亮生活

ことり

小鸟

[日] 小川洋子 —— 著

戴华晶 —— 译

浙江文艺出版社

一

小鸟叔叔过世的时候，遗体和遗物都按照"那种情况"的规矩很快地处理掉了。

所谓"那种情况"指的是"死后数日才被发现且没有亲人"的情况。

急救队员、警官、民生委员①、街道会长、公务员、清洁工人、看热闹的，各种各样的人接踵而至，走马灯一样来来往往，扮演着他们应有的角色。有人搬走了遗体，有人调配着消毒液，有人翻找信夹里的明信片看是否可以找到一些用得上的联系方式。那些看热闹的人也很好地完成了自己的使命，叽叽喳喳的议论声多少冲淡了笼罩着屋里的阴冷空气。

这些人大多数都不认识小鸟叔叔，有些即使见过，也没有

---

① 民生委员，指日本政府根据都、道、府、县的推荐，由环境大臣委任的名誉职务。主要职责是保护和指导生活贫困者的生活，推进社会福利事业。

亲密到会说话的程度。

小鸟叔叔的家有史以来第一次迎来了这么多的客人。

发现遗体的是来收报纸订阅费的人。他发现小鸟叔叔家的邮箱里塞满了报纸，觉得有些奇怪，于是从门口穿过院子绕到屋子的南边，发现他倒在敞开的起居室窗下。

遗体已经有几许腐烂的气息，但看上去死前并没有痛苦挣扎过，甚至可以说有几分安详，仿佛只是进入了漫长的休眠。他穿着极为普通的衬衫和裤子横躺在地上，双腿略有些弯曲，身体微微弓起。唯一让围观人群有些吃惊的是，他的双手正抱着一个竹制的鸟笼。鸟笼中有一只小鸟，静静地停在栖木的正中央。

"是只鸟啊。"

第一个这么说的就是那个来收报纸订阅费的人。作为遗体的第一发现者，他一直站在现场角落里，关注着事态的进展。小鸟叔叔家里有小鸟，本不是一件奇怪的事，可大家都为这一句话感到了惊讶，露出仿佛有生以来第一次看见鸟类这种生物般的表情。

这是一只小得可以轻易藏身在手掌中的小鸟。饲料盒虽然已经空了，它看上去却并不虚弱，只是歪着小脑袋，窥伺着人们的表情。小鸟被亡者的手保护着，没有一丝惊慌，滴溜溜地转着乌黑的眼睛。羽毛带着黄绿色，但整体基调还是暗沉的，身上没有显眼的花纹或点缀。这只是一只小鸟，不需要任何其他的词汇来补充修饰。

短暂沉默后，警官高高举起了鸟笼，就像想要用它来遮挡一下射进院子里的阳光一般。小鸟扑腾了两三下翅膀，抓了一下鸟笼的侧面，又回到栖木上。堆积在笼子底部的干枯粪便和掉落的羽毛一起，纷纷扬扬地抖落下来。即使迎着阳光，它的羽毛依旧是低调的色彩。

终于，伴随着一声短促的"吱吱"声后，小鸟忽然发出了悦耳的鸣啭。在场的所有人都将目光投向鸟笼，凝视着里面那只小小的生物，想要确认那小溪般清澈、响彻院子每个角落的歌声是否真的来自它。

小鸟继续不停地歌唱着，仿佛深信只要继续这么歌唱下去，死去的生物也会重新复活。

或是沉醉于这无与伦比的美妙歌声中放松了神经，抑或是陷入自己可以轻易掌控小鸟的错觉，警官打开了鸟笼。下一个瞬间，小鸟飞出笼子，在遗体上方盘旋一圈后，飞出了窗外。谁也没能阻止它。

没过多久，人们就重新工作，重新喧闹。活着的动物就应该让它回到大自然，毕竟是一只鸟，能在天空中自由翱翔是多么幸福。何况饲主已经死了，这也是无奈之举。人们在心中各自想道。警官也在文件中轻描淡写一笔带过，以免让上级认为自己在处理这件事时有所过失。

那之后，院子的角落里也曾一度传来鸣啭声，但那声音似乎来自很远的远方，对人们而言与幻听无二。那是一只绣眼鸟，在场的人们无一人知晓。

"小鸟叔叔"这个称呼的来源与笼中那只绣眼鸟并没有关系。早在他饲养那只绣眼鸟以前，曾经有将近二十年的时间里，他一直在照顾附近一所幼儿园的小鸟们。没有任何人委托，完全是他的自愿行为。就是在那段时间里，他不知不觉地就变成了小鸟叔叔。

小鸟叔叔只在孩子们上学前、回家后或者休息天时，才会出现在鸟舍。因为他不擅长和孩子们相处。

照顾小鸟，这件事情于他而言近乎一种修行，远远超过了业余帮忙的范畴。首先，从仓库里运出篮子、清扫刷、掸子等各种各样的工具——这些工具都有了一些年头，却被悉心保养得很好。鸟舍有两间，小的那间有一对乌骨鸡，大的里面饲养着一群观赏用的小鸟。一定是先从乌骨鸡舍开始打扫，如果被抢了先，它们就会闹别扭，发出"唧——唧——"的怪声，太刺耳。

　　晒晒窝里的稻草，打扫粪便，清洗水杯，更换饲料。这些动作已然成为了身体的习惯，操作起来如行云流水，没有一个多余的步骤。习惯这个流程的还有那两只乌骨鸡。刚打开鸟舍的门，它们就从小鸟叔叔的脚边蹿了出去，先在沙堆里打几个滚，然后在院子里散会儿步，算准新鲜饲料投放进去的时间再重新回到鸟舍里。即使没有任何声音，没有任何信号，小鸟叔叔和乌骨鸡也能互相感应到彼此的呼吸。

　　另一个鸟舍就更加天真烂漫了。小鸟们此起彼伏地歌唱飞舞，扇动尾翼或撞击铁丝网来欢迎他。虎皮鹦鹉、横斑鹦鹉、鸡尾鹦鹉、樱文鸟、驼文鸟、十姐妹鸟，有些鸟会死去，有些鸟因为性情相冲会被处理掉，数量和种类总是不一定。小鸟叔叔没有权利决定选择或采购哪些小鸟，他仅仅是一个照顾它们的人。

　　饲料盒和水杯以及木质的笼子都被小鸟叔叔清洗得一尘不染。幼儿园园长甚至担心过，这个人会不会一直没完没了地用清洁刷擦洗地板呢。没有幼儿的庭园里，只能听见刷子和水流的声音，它们和鸟儿们的歌声融合在一起。他躬着身子，只是盯着自己的脚尖，裤脚浸湿了，水花溅到了脸上，也毫不在意。呼吸是安静的，视线是明朗的。清扫这个目的几乎已经不复存在，这个行为在不知不觉间已经成为了一种冥想、一种祈祷。鸟儿们有时在他的头上飞舞，有时落在他的肩上，歌声更加高亢，为他献上祝福。

留在职员室的教师们基本都埋头于自己的工作，即使看到小鸟叔叔的身影也不会过于在意，就连"啊，那个人又来了"的想法都不曾有过。就像鸟舍里会有小鸟一样，小鸟叔叔的存在也是极为自然的。他们就是这样认为的。

只有园长老师，估摸着小鸟叔叔快要干完活，就从攀登架和秋千之间走到鸟舍附近和他说上两三句话。

"一直麻烦您，真是谢谢了。"

园长老师梳着整整齐齐的头发，化着很有气质的妆，材质柔软的连衣裙裹着有些胖乎乎的身体。从小鸟叔叔提出要来照料鸟舍起，她就是一个很有礼貌的人，一直没有改变。

"啊，没什么……"

与此相对地，小鸟叔叔却因为本身性格的缘故，无法和人亲切地谈论些家长里短，只好装作要继续干活的样子，紧紧地闭着嘴。

"昨天有一只横斑鹦鹉在栖木上把身体鼓得可大了。"

"今天大家好像都挺正常的。"

"那可真是太好了。"

"嗯。"

"电视上说，下周左右会有一股寒潮来袭呢。"

"是吗？"

"什么时候给它们开始供暖比较好呢？"

"我会看情况设定供暖的。"

"那我就放心了。"

两人之间的话题只有小鸟。

"上周乌骨鸡下了蛋啊。"

"对的。"

"我们用它做了些点心，布丁，要不要来尝尝？"

明知不管怎么邀请他都不会答应，但园长老师还是想要尽量表达一些犒劳之意。

"啊，但是我没法在这里待太久……"

仿佛刚刚发觉自己一不小心待太久了，他开始慌慌张张地收拾东西准备离开。

"是吗？那请带回去尝尝吧。只有一个，很抱歉。"

园长老师将布丁放进印有金丝雀图案的联络袋，金丝雀是幼儿园的标志。

"啊，谢谢……"

他依旧只用微弱的声音道了谢，低头盯着那只金丝雀的标志。那是一只明黄色的金丝雀，停在树梢上，看上去十分机灵的圆眼睛盯着遥远的天空。

为什么这个人照料的鸟舍会这么完美呢？园长老师看着小鸟叔叔远去的背影，又看看鸟舍，喃喃道。他的背影看上去很虚弱，夹克衫松松垮垮，脚步飘忽不稳，可鸟舍却没有一丝的不妥。铁丝网被修整得一丝不苟，再敏捷的猫和蛇都不能入侵。栖木被削成正适合小鸟脚爪站立的粗细，在空中笔直地划出一条横线。谷物饲料总是添得满满的，一粒一粒散发着饱满的光泽。虽然用不了多久，小鸟们就会把谷壳拨得到处都是，在笼底落下粪便，但鸟舍里依然充满了不会被这些轻易扰乱的清净。

园长老师一直目送着小鸟叔叔的背影消失在后门，他一次也没有回头。

回到家之后，小鸟叔叔换下被打湿的衣服，洗干净手，从联络袋里取出布丁吃了起来。为幼儿们做的布丁很小，很快就吃完了。挂在头发上的白色乌骨鸡羽毛，轻轻地飘落在联络袋的金丝雀上。

给他起"小鸟叔叔"这个名字的，是幼儿园的孩子们。尽管他费尽心思想要避开孩子们偷偷前往鸟舍，但还是经常被他们无意撞见。比如孩子们因为家长没及时来接留在园里的时候，又或者课程表因为运动会、游园会练习发生变化的时候，这些意想不到的变故使得孩子们发现了他的存在。

"啊，是小鸟叔叔！"

他们从游戏室、花坛中、滑梯上飞快地跑了过来。小小的孩子们几乎可以藏在任何物体的阴影里。

"小鸟叔叔！"

"小鸟叔叔！"

"小鸟叔叔！"

他们不停地呼唤着这个名字，语气那么自然，仿佛在向上天宣告他没有其他的名字一般。孩子们越是这样光明正大，他就越是不知道该如何应对。

"叔叔，把它放在手上试试嘛！"

"鸟儿会不会说话啊？"

"那只鸟，嘴巴边上长了个包！"

"这种饲料，人也可以吃吗？"

他们接二连三地将想到的事不假思索地问出来。小鸟们也受到感染兴奋了起来，比赛般地唱起了歌。有的孩子想要攀爬铁丝网，有的孩子跨在清扫刷上大叫。有时还有孩子捏住他的手，他吃了一惊，犹豫着该用多少力量去回握，陷入了深深的惶惑中。每当这时他就会对自己说,手上的是只小鸟,现在我抱着一只小鸟。可是,当他好不容易战战兢兢地回应之后,却在下一个瞬间发现那孩子已经倏然松开了手。掌中空空如也。

孩子们身上都有着相似的味道,温热而带着一点湿气,橡皮球一般的味道。和小鸟完全不同。

为了不让孩子们继续和他说话,小鸟叔叔比以往更加集中注意力干活,不管别人问什么都只回答"嗯"和"啊"。他们穿着一模一样的深蓝色罩衫,晃荡着名牌,自由自在地欢蹦乱跳。不知为何,他觉得孩子们似乎是一种比小鸟更小的生物。

老花眼小鸟叔叔看不清名牌上孩子的名字,无法区别谁是谁,只能从罩衫上的污渍来区分每个孩子。酱汁、牛奶、油、鼻涕、口水、胃液、眼泪、血。罩衫上有各种各样污渍,这些污渍却比名牌上的姓名更加清晰地勾勒出每个孩子独特的印记。藏在运动鞋里的脚比虎皮鹦鹉的脚爪更加纤弱,露在外面的小腿也比文鸟的腹部线条更加没有防备,柔弱的嘴唇更加不能和坚硬的鸟喙相比。

孩子们却似乎完全没有察觉到这些,依旧随心所欲地玩闹着:把水杯翻过个来,追着乌骨鸡到处跑,绊倒在软皮管上呜呜大哭。

"走咯!"

"再见!"

"拜拜!"

不一会儿,玩够了的孩子们一脸满足,各自朝他们想去的地方跑走了。小鸟对他们来说已经没用了。

"再见,小鸟叔叔!"

"小鸟叔叔,下次再来哦!"

直到最后,孩子们还是一直管他叫小鸟叔叔。

第一次带小鸟叔叔来到幼儿园鸟舍的人,是比他年长七岁的哥哥。那时这里不是幼儿园,而是教会附属的孤儿院,这座鸟舍也比现在更加破旧。

"这就是小鸟。"

哥哥的口吻仿佛在说:这是世界上最宝贵的生物,我只给你看。

"嗯。"

说实话,对于当时刚满六岁的小鸟叔叔来说,这只是一些非常吵闹的生物。不安分,神经质,鸟喙散发着和小小身体不相称的凶恶,似乎一不注意就会袭击脸颊、小腿、眼睛等柔软的部分。

"那个是柠檬黄金丝雀,刚刚飞到铁丝网上的是罗娜金丝雀，停在秋千上的是白金丝雀，白金丝雀很白、名副其实。"

比起小鸟，小鸟叔叔觉得哥哥口中说出的名称更具有魅力。而能这样如数家珍地说出这些名称的哥哥，在他看来简直棒极了。

"它们为什么要这样叫？"

"不是叫，是在说话。"

"听上去像在生气。"

"它们没有生气。"

"真的？"

"嗯，小鸟们只是用一种我们已经忘了的语言在说话。"

哥哥趴在孤儿院的栅栏上，一眨也不眨地望着鸟舍。

"所以，它们比我们聪明得多。"

啊，原来是这样，小鸟叔叔喃喃道。哥哥也和小鸟一样，是在用一种我们已经忘了的语言在说话，所以大家都听不懂哥哥在说什么，学校的老师不懂，邻居家的阿姨不懂，爸爸也不懂。大家都拼命想要听清，却总是听不明白，最后只好烦躁不安地摇头叹息，或者平静地做出一些无礼的行为。我可以听懂哥哥的话，那么如果我和小鸟们再多相处一些，也许也能听懂它们的叫声了……

他豁然开朗，朝着鸟舍大喊了一声："嘿——"

金丝雀们腾空而起,一齐歌唱。

孤儿院的庭园里没有攀登架,也没有滑梯,更没有沙堆,只有疯长的草木,那栋朴素的木制平房那时还没有刷上金丝雀的标记。在之后漫长的岁月里,孤儿院变成幼儿园,这里也发生了改头换面般的变化,只有鸟舍不知为何一直留在原来的位置上。它坐落在通向小巷的后门旁,银杏树的树荫下,没有改变。

当然,鸟舍的样子和鸟的品种不断变化。乌骨鸡鸟舍就是在小鸟叔叔开始照料这里之后增设的,另一个大鸟舍也因台风、地震都有过重建。根据园长老师的喜好和家长们的要求,品种也从金丝雀变成了十姐妹鸟,从小鹦鹉变成了大型鹦哥,从文鸟变成了虎皮鹦鹉,不断变化。这里保护过从某幢屋子里跑出来的孔雀,也养过和幼儿们一起唱着童谣登上电视新闻的鹦鹉。曾经有好几次因为疾病和野猫的入侵差点导致全军覆没,但鸟舍一直没有被废弃,因为小鸟们不知不觉还是会回到这里。

"我喜欢柠檬黄金丝雀。"

小鸟叔叔已经忘记它们又吵又可怕,说道。

"那是个好孩子。"

不顾额头上留下的印子,哥哥更用力地将脸抵在栅栏上。

不知是不是发现自己成为话题对象，那只柠檬黄金丝雀在栖木上左右走动了几步后，歪着脑袋看向两人的方向。

"它好像在思考什么。"

一而再、再而三地歪着脑袋，小鸟叔叔觉得它一定是在思考什么神奇的问题。

"是的，它在思考我们是谁。"

"用那么小的脑袋？"

"跟大小没关系。鸟的眼睛长在脸的两侧，所以它想盯着什么东西看时，必须要歪起脑袋。这是一种天生就会思考的动物。"

"那它到底在思考什么呢？"

"一定是我们绝对猜不到的问题。"

"哦，是吗……"

小鸟叔叔虽然没能完全理解，但为了不让哥哥失望，他还是点了点头。那只柠檬黄金丝雀张开翅膀，随后又缓缓地收了回去。

"要是有那种颜色的零食，一定很好吃吧？"

小鸟叔叔说。

"嗯。"

哥哥含糊不清地回应了一句。

"果冻啦,速溶果汁啦,刨冰啦。"

"……"

"嘴里也会变成和金丝雀一样的颜色。"

"……"

"啊,对了,青空商店卖的棒棒糖,也是黄色的最好吃,对吧?"

但哥哥似乎已经听不到小鸟叔叔说的话了,他正一心一意地倾听着金丝雀的声音。尽管如此,可以和哥哥两个人待在一起还是很让人雀跃的。

孤儿院里寂静无声,盘旋着的只有小鸟,不知为何看不见一个孤儿的身影。也正因为如此,他们可以不受任何打扰,尽情地凝视着鸟舍,宛如孤儿一般。

二

哥哥开始用自己创造的语言说话,是在十一岁生日之后。当小鸟叔叔懂事的时候,他的语言已经完成并确立。所以小鸟叔叔从没听他说过和父母、邻居阿姨以及广播主持人口中一样的语言,那种可以和任何人沟通的、理所当然的语言。

和其他孩子相比,哥哥的进度虽然有些缓慢,但还是学会了说话，也会练习写字。却不知因为什么缘故，在几个月的沉默之后他忽然开始用旁人无法理解的语言说话了，这让母亲既吃惊又无措。母亲安慰自己说这是大脑发育过程中引发的暂时性混乱，是一种和幼儿期发烧一样的病症；又故意乐观地想，这也许是孩子戏弄大人的小玩笑，明天就会恢复正常。但她的愿望终究还是没能实现。不管过多久，"正确的"语言一直没有回来。

他们尝试了各种各样的努力。住院检查、精神分析、药物导入、言语训练、断食疗法、异地疗养……哥哥乖乖地听从着以母亲为首的成年人的指示，没有表现出任何厌烦的情绪。他用蜡笔画家人的画，喝很苦的药粉，别人说需要电流刺激，就默默地伸出头。但哥哥这么做的原因并不是想要治愈，只是不想让母亲承受更多的失望。

尽管母亲这样努力，哥哥的新语言非但没有显出颓势，反而更加逆势茁壮成长，迅速渗透他的内心。单词的数量每天都在增加，文章也变得更加精美，语法开始形成规律。他的声带、舌头和嘴唇都学会并很快熟悉了新的发声方法，甚至比以前变得更加活泼。原来的语言已经静静离场。

母亲发现自己的惊慌无济于事之后，在这个问题上采取并贯彻了更加谨慎的态度。她从不曾撕心裂肺地尖叫，也不曾泪流满面地恳求，更不曾破罐子破摔地对待他。明知无法对话，她却依然坚持和儿子说话，并拼命地去推测他在说些什么。她用了一生的时间，向儿子传达着她至情至深的态度。

而母亲唯一感觉到希望的，就是发现小鸟叔叔可以听懂哥哥说话的时候。就算语言发生了变化，兄弟两人依旧和以前一样凑在一起，陶醉在自己的玩耍世界里。那里没有混乱。

"为什么你能听懂？"

母亲问了无数次。但小鸟叔叔只是扭扭捏捏，不能回答。

为什么能听懂？在母亲辞世、哥哥也离开之后，小鸟叔叔时不时地还会回想起这个问题，但依然找不到贴切的答案。或者说，所谓的"听懂"究竟是什么意思，他自己也分辨不清。对他而言，哥哥的语言就和身边的哥哥一样是真实的，光明正大，极为自然，没有任何掺杂疑问的余地。哥哥说出一句话，他的鼓膜就会形成相应的凹陷，接收到并根据两人之间的秘密信号进行结合。只能说，在出生之前，他们的鼓膜就定下了某种只有两人能够理解的约定。

不管怎样，托了这位能够听懂"两种"语言的小鸟叔叔的福，一家四口的对话虽显生涩，总算可以勉强进行下去。小鸟叔叔所扮演的其实并非翻译这种明确的角色，只是为谈话中不时出现的空洞架起一座小小的梯子，但这用来宽慰母亲的不安已经足够了。

　　与此相对地，父亲则束手无策，不知该如何应对出现语言问题的长子。在母亲积极采取各种行动的期间，他只是垂着眼睛，湮没在沉默的海洋中。父亲在大学工作，他尝试着去打通可能帮上忙的关系，找来一些学术文献，请来受过专门教育的家庭教师，但也就如此。最后，文献被堆在工作台上积满了厚厚的尘埃，家庭教师不到一周就辞职了。

　　在小鸟叔叔看来，父亲似乎有些畏惧哥哥。是因为自己的邪念才生出了这样的儿子？是上天试练自己能否参透儿子存在的意义？……他的脑海里充满这种念头，眼里只剩下惶恐和不安，没有一丝安宁。他没有做好接受某人揭发的准备，有时候甚至怀疑这个"某人"就是儿子而不住地打量儿子的脸。

　　父亲的避难所就是别院的工作室。不大的院子西侧有一个像是被勉强塞进来的别院，这个别院里只是一间铺了地板的小屋，窗楣、门扇和灰泥外墙都被肆意生长的藤蔓植物所覆盖。父亲的专业是劳动法，在小鸟叔叔的记忆中，他总是埋头读着什么书。小时候，小鸟叔叔很奇怪为什么自己的父亲总是低着头。

　　"爸爸做的是帮助劳动者的工作哦。"

　　每当问起父亲的职业时，母亲总是这样回答他。

"爸爸是在研究可以帮助劳动者的法律。"

但小鸟叔叔始终无法认同,他不认为那种关在狭小的别院房间里、埋首于书本的行为能够帮到什么人。他甚至怀疑,父亲低着头读书,根本就是为了避免与哥哥的目光产生交集。

从大学回来以后,除去吃饭,父亲基本上把所有的时间都花在了别院。因为父母严格规定小孩不许进入那间屋子,所以小鸟叔叔也尽可能地不去靠近它,但还是会因某些契机透过爬满窗户的藤蔓缝隙看到屋里的景象。屋里堆满了书本,空气混浊,阴影重叠,尽管可以照到落日的余晖,却依然十分暗淡。除了一块用以书写的狭小空间以外,桌面被各种各样的东西占满。带扶手的椅子上有一块坐垫,坐垫已被磨薄,布套也起了球,无精打采地陷下去一块。这块凹陷是那么小,小鸟叔叔甚至觉得有些不可思议——原来父亲的身材那么瘦小啊。

吃完晚饭喝完茶以后,父亲就会站起身来,从厨房的后门走出去。留下的三人既不会对他说"走好",也不会对他说"拜拜"。被隔离在院里绿色深处的小屋,是哥哥的语言绝对传达不到的空洞地带,它吞噬了父亲的身影。当别院的门关上时,父亲就成为了黑暗的一部分。

小鸟叔叔晚年的时候,时常会后悔当时为什么没有把哥哥的语言录下来。录音设备变得越来越方便，只要能够想到，明明有很多机会可以留下记录的。但和哥哥生活在一起的时间里，他没有产生过哪怕一次这样的念头。作为世界上唯一的使用者，哥哥与那种语言联系得是那么紧密，那么浑然一体，所以他连想都没有想过要将它们剥离开来单独进行录音。也正因为如此，每当小鸟叔叔回忆起哥哥，想再听听哥哥讲述那无比自由而又可爱的独创语言时，总会发觉无法实现。这时，寂寞感成倍地增长。

不知什么样的经过，母亲曾尝试请语言专家来听哥哥的语言。儿子不是胡言乱语，只是我们听不懂罢了，在某个遥远的国度，有许多人真真切切地在使用这种语言，不知什么时候他悄悄地学会了，悄悄地……她想。也许是觉得哥哥发出的语言只有小鸟叔叔一个人可以领会，实在太令人伤感；也许是觉得哥哥只是天赋异禀，无师自通了一门罕见的语种。不管怎样，那时的母亲拼尽了全力。

作为翻译，小鸟叔叔也一同参加了那场拜访。那时，哥哥十三岁，他六岁。语言学家所在的研究机构坐落在一座遥远的海滨城市，需要搭乘近三个小时的火车才能抵达。那是母子三人一起第一次出远门，也是最后一次。

哥哥拿着一个小小的白色篮子，里面装满了重要（虽然并非出门必需）的东西。每经过一站，他必会"咔嚓"一声打开按扣，清点里面的宝贝。玻璃弹珠、小夹子、小碘酒瓶、卷尺、棒棒糖。先把玻璃弹珠放在阳光下看看，用小夹子夹夹自己的大拇指，再打开碘酒瓶闻闻味道，拉开一米长的卷尺再卷好，最后小心翼翼地摸摸棒棒糖的包装纸，小心翼翼地收好。清点完毕之后，哥哥就会把它们按照固定的朝向放回篮子里的固定位置，重新扣好按扣。

"没关系，不会丢的。"

母亲说。

"我们帮你看着。"

小鸟叔叔说。

但在抵达终点站之前，哥哥的清点工作一直不间断地重复着。

研究所是一幢古老又阴森的建筑物，两端排列着几扇门，黑亮的走廊长长地看不到尽头。母亲紧紧牵着哥哥的手，小鸟叔叔亦步亦趋地紧跟在后面。时不时地会跟一些人擦肩而过，没有一个将目光停留在这明显是外来者的母子身上。昏暗中，只有篮子的按扣闪烁着朦胧微光。

语言学家是个有点驼背的老人，说话声音又低又含糊。他显然并不欢迎三人的到来，母亲递上一盒作为手信的点心时，也只是露出一副厌烦的表情。不知道是不是呼吸器官有什么病，老人说话时经常会发出令人毛骨悚然的咳嗽声，仿佛喉咙随时都会破裂一样，让小鸟叔叔心惊肉跳。

不久，小鸟叔叔的注意力就被研究室桌上摆放着的录音设备吸引了，他把语言学家的冷淡和可怕的咳嗽都抛在了脑后。那个设备比他曾经见过的任何机械都更有魅力：大大小小的旋钮让人忍不住想转转看，左右摇摆的指针仿佛受惊的昆虫触角一般，磁带的曲线描绘着神秘，这些都俘获了小鸟叔叔的心。

语言学家将画有图案的卡片展示给哥哥看，并让他回答画里的是什么。

"勺子。"

"瓢虫。"

"草帽。"

"小号。"

"长颈鹿。"

哥哥用自己的语言回答。

这些卡片不知被语言学家翻开过多少次，每一张都褪去了鲜艳的色彩，沾上了手上的汗渍，卡片的背面还被贴上了几层固定用的胶带。瓢虫的一条腿不见了，小号的喇叭口中喷出了奇妙的污渍，长颈鹿的脖子折了，一副萎靡不振的模样。

测试的内容实在太简单了，哥哥当然全部答对了，但知道答对了的人只有小鸟叔叔一个。

之后，语言学家又问了哥哥一些问题，诸如家庭成员、喜欢的科目，等等，还让哥哥读了一些绘本，唱了几首童谣。语言学家根据自己的需要不时地启动录音机，或在纸上做一些简单记录。母亲不断地抚摸着哥哥的后背，似乎像要鼓励他一样。不管怎样变换形式，哥哥自始至终使用着自己的语言。其间，除了手一直握着篮子没有松开以外，他的态度一直很有礼貌。

小鸟叔叔一个劲地打量着那台录音机，想到那些半透明的薄薄胶带吸收了哥哥的声音，觉得万分不可思议。这台驻扎在结实皮箱里的机器深处，似乎有许多小人正在勤勤恳恳地采集哥哥的声音，一个一个地用擀面杖撸平后贴在胶带上。小鸟叔叔有些担心，哥哥的语言那么特殊，小人们会不会有些茫然。所幸语言学家每次向左或向右旋转旋钮时，小工人们都忠实地完成了指示。从小圈到大圈，从大圈到小圈，胶带流畅地滑动着。他只用一只手就控制了所有复杂的工序。他的指尖肯定可以感受到小人们工作时的紧张，小鸟叔叔一想到这就忍不住激动起来。

"这不是任何一种语言。"

毫无预警地，胶带停止了。

"只是一种杂音。"

母亲还来不及发出疑问，语言学家就继续补了一刀："都不算是人话。"

他收好卡片，粗鲁地拉出抽屉，把卡片放了回去。

就算是结束了。

一旦意识到眼前的人并不能为他的小语种收集工作带来任何好处，语言学家的表情就更加冷淡了。不管是对反复咕哝"这样啊，这样啊"的母亲还是哥哥，他都没有半点想要安慰的意思。

突然，哥哥打开篮子的按扣，又开始了清点工作。他先抓起玻璃弹珠，随后打算用小夹子夹自己的大拇指，这时母亲按住了他的手说："回去时在火车上玩吧。"

小鸟叔叔有些遗憾地想，那时的录音带要是还在的话该多好。即使里面混杂着语言学家剧烈的咳嗽声，但无疑也是哥哥语言的记录。那卷磁带一次也没有被播放过，甚至连长颈鹿卡片的待遇都没有享受到，就这样消失在了再也接触不到的地方。

母亲曾希望在某座未载入地图的小岛上或许居住着一群腼腆而善良的岛民，他们是哥哥的伙伴。但这个愿望就这样被粉碎了。小岛上的居民还是只有哥哥一个人。不过，那里绝不荒凉。大海风平浪静，岛上遍布树荫，哥哥在树荫下沉思，头顶上有小鸟在歌唱。而小鸟叔叔只要乐意，随时都可以划着小船上岸。

即使是小鸟叔叔，也很难向不认识的人重现哥哥的语言。听和说是两码事。尽管可以像看图说话一样念出单词发音，但那只是一些零碎的片段，根本不可能让支撑语言的骨架和在根底流淌的发音之美重现光辉。

语言学家竟然用"杂音"定论，只能说实在是愚蠢。哥哥的语言与"杂乱"一词是正反两个极端。语法强大而完整，词汇也极为丰富，时态、人称、变形的法则都十分齐全。让人舒适的朴素感、长年累月形成的如地层般的稳固与超乎想象的细节绝妙地融为了一体。

但是，最具特色的无疑还是发音。音节连续中蕴藏着独特的抑扬顿挫和间隔，那是谁也无法模仿的。即使只是自言自语，听上去也像哥哥在向某个看不见的人献上颂歌一样。要说与哥哥的语言最接近的，就是小鸟的歌声——他称之为"人类遗忘了的语言"。

明明已经那么完善，哥哥却没有留下任何书写的记录。因为那是不需要写在纸上的语言，只要说出来就足够了。可以说，哥哥没有运用任何联结耳朵和眼睛的记号，就完成了一种语言的创造。只是参考小鸟的歌声，哥哥仅仅靠他一个人，用自己的耳朵和声音，一粒一粒地将散落在小岛上的语言的石子收进口袋，一点一滴地将小鸟歌声中撒落的语言的结晶收集起来。

母亲自然也想乘上小鸟叔叔那艘能上岸的小船，甚至表现出自己也想划桨的热情。为了上岸，她不惜任何努力。借助小鸟叔叔的帮助，母亲一点一点地学习着哥哥的语言。实际上，母亲虽然不像刚开始那样一句也听不懂，但在小鸟叔叔看来，她的学习成果还是很难给予肯定。她的耳朵已经不再灵活，无法区分句尾微妙的变化，时不时还会一厢情愿地扭曲原本的语义。

尽管如此，母亲还是开始感到骄傲，认为自己可以理解儿子的话了。有时候没听懂，也会装作听懂的样子。久而久之，也就以为自己真的全都听懂了。

即使察觉到母亲的错误，小鸟叔叔也不会纠正。

比如有一次哥哥说："我不喜欢扎人的背心。"

母亲回答说："是吗？大概是便宜的草莓不太好吧。"

因为"草莓"和"背心"的发音非常相似。

"看来下次一定要把绒毛洗干净啊。"

母亲一直念叨着昨天晚上吃的草莓,哥哥背对着母亲脱下毛线背心塞进了衣橱抽屉的最底层。

还有一次哥哥说:"我不喜欢洗发水,头发黏糊糊的感觉快要死了。"

母亲用力地点了点头,表示同意:"对,半夜三更还不睡对身体太不好了。"

"洗发水"和"熬夜"的发音还真不太相似。

但是兄弟两人都没有向母亲说过一次"不对"。因为装进口袋的石子不论多么奇形怪状,时间长了,它们会彼此熟悉融合。兄弟俩只是默默地聆听着"背心""草莓""洗发水"和"熬夜"的石子,在口袋里互相碰撞的声音。

只有一个单词,在新的语言诞生前后没有变化。这个单词是"波波",一种棒棒糖,只有它一直是它。

那是一种极为普通的圆形糖果,在附近的杂货店即青空商店有卖,一直放在收银机旁边的广口玻璃瓶里。波波有草莓、蜜瓜、葡萄、橘子、苏打、薄荷以及柠檬等许多种口味,分别用相应的颜色包装。但味道并没太大不同,只是吃完之后舌头的颜色会不一样。

兄弟两人有一个习惯,会在每周三的傍晚来青空商店各买一根棒棒糖。

"你不许帮他哦!"每次母亲都会再三嘱咐小鸟叔叔,"不管是购买、付钱还是找零,都让哥哥自己来。只要不发生特别严重的问题,你都不许帮他,听见了吗?"

自从不去学校以后,哥哥的外出地点就只剩青空商店了。因此,母亲便把他们的购物经历当作一场宝贵的社会练习。小鸟叔叔不太明白母亲所谓的"特别严重的问题"指的是什么样的问题,多少有些不安,但能买到棒棒糖还是让他感到十分快乐。小鸟叔叔有时候也会想吃巧克力或者奶糖,但一想到哥哥对波波的执念,就无法说出口来。

青空商店坐落在街角,下一个路口就是通往孤儿院的小巷。杂货店很小,进三个客人就会很挤,头上裹着围巾、脸色难看的店主阿姨一个人在看店。推开咯吱作响的玻璃门走进店里,混凝土地面升起一股刺骨的寒气。

"老板,买东西!"

他们用各自的语言说出这句话,声音与声音重叠,交织成一种更加奇妙的声响。店主的表情却没有任何变化,不知道是习惯了每周都会上演的这一幕,还是对这两个买不起多少东西的孩子不感兴趣。

店里除了收银机前面的货架上摆着一些零食之外,并没有什么小孩子喜欢的商品。尽管如此,小鸟叔叔还是会一圈圈地打量青空商店的货架。货架上总是密密麻麻地挤满了商品。对着他的左侧放着洗衣液、卫生纸、肥皂、蜡烛、牙膏和罐头类食品,紧挨着的右侧是食用油、面粉、调味品、番茄酱、冰糖、挂面、果酱。卖剩下的绷带三角巾、量筒和电热棒在上层若隐若现,磅秤、铁锹和纺车则躺在地上。店主背后的墙壁被香烟、邮票、印花、棉线、纽扣、橡皮筋之类的东西密密地掩盖,天花板上垂下了铝制的锅类和虫笼。

青空商店就是一个用各种各样繁杂的商品打造的小屋,就像小鸟收集破布和铁丝用嘴筑就的巢穴。那些倒过来的标签、晒褪色的包装袋、边缘凹下去的罐头,这些不完美更是给了小鸟叔叔充分遐想岁月的空间。不知为何,站在店里时他总会觉得自己躲进了避风港,觉得不管外面发生什么危险都不会波及这里。对于能在这样的店里坐上整整一天的店主,他简直羡慕得不得了。

但哥哥不会像小鸟叔叔这样不停地打量货架,他只关注波波。先轻咳两三声,再小心翼翼地指向广口玻璃瓶,仿佛害怕指错了一样。已经十分熟悉哥哥的店主在他开口之前就站起来，解开头上的围巾盖在瓶盖上旋转起来。小鸟叔叔盯着店主头顶的旋，戴围巾是为了遮住它吗？瓶盖咯吱咯吱地旋转着，看上去十分不情愿。瓶盖上的铁锈撒落在收银台上，让人不由得担心会不会混进棒棒糖里面。

"今天你要哪种？"

店主团起围巾，用和脸一样苍白的手一边擦拭着收银台一边问。

"葡萄。"

哥哥回答说。

"好的。"

不可思议地，店主对哥哥的语言没有表现出任何迟疑。没有斥责他不好好说话，也没有让小鸟叔叔做翻译，更没有当作没听见。要是打算当没听见的话，一开始就不会问他要什么颜色。她是真真切切地听清了哥哥的话，把手腕伸进广口瓶里的。

五根手指冲进七横八竖的棒棒糖堆里，糖果们发出沙沙的摩擦声。店主斜了斜瓶子，在糖果堆里找到指定的颜色，将手指更深地埋了进去。不知为什么，每次哥哥要买的颜色都会埋在瓶子的深处。

"好了，找到了。"

店主拔出一根棒棒糖递给哥哥。可是，每次她给出的颜色都是错的。

"谢谢。"

哥哥道了谢，没有埋怨说"我要的是葡萄"，也没露出不开心的表情，仿佛这就是他想要的波波颜色，紧紧地握着糖果。

"小个子呢？"

这次轮到小鸟叔叔了。

"柠檬！"

小鸟叔叔要的颜色就在瓶口附近，不用把手深深地伸进去也能轻易拿出。每次她拿出的颜色也都是对的。

不要帮他——小鸟叔叔恪守母亲的教诲，只是默默地任其发展。明知道自己开口翻译一句就能让问题完美解决，但他没有。店主没有恶意，所以不必特意指出她的错误，让这个避风港的主人受到打击。然而哥哥的波波的确是错的，自己的是对的。小鸟叔叔觉得有些愧疚。哥哥明明受到了不公平对待，却连抗议的对象都找不到，这让他感觉十分无力。

"那我们走吧。"

看哥哥把零钱装进零钱袋后，小鸟叔叔用更加愉快的声音说道，好像这样就能打消自己的无力感。

店主再度将围巾裹到头上，在下巴下紧紧地打了一个结。小鸟叔叔不由得又牵挂起那些铁锈，想着它们会不会沾到她的头发上。她的身体陷进收银台后面的椅子里，融入了货架上的斑斓色彩中，成了商品的一部分。

回到家后，小鸟叔叔立刻忍不住吃起棒棒糖。舔了一会后他改用牙咬，没一会儿就吃完了。而哥哥非常耐心地认真保管，一直忍到下个周二中午才打开包装纸，花上好几个小时慢慢地舔完它。嘴里含着波波的时候，哥哥不会说一句话。

"现在变成什么样了？"

听小鸟叔叔这么问，哥哥安心地拔出棒棒糖给他看。哥哥的嘴唇染上了融化的砂糖，黏糊糊地闪着光。

"嗯，知道了。"

他这么问，并不是因为自己也想舔上几口。只是想看下棒棒糖是不是确实在变小，如果棒棒糖一直不变小的话，那么哥哥就会一直这样沉默不语，最终变得一句话都不说了。眼看着粘在小棍子顶端的最后一点碎片也融化不见，他悄悄地松了一口气。

哥哥深爱波波的最大原因，很可能是因为厂商的标志。标志是一只小鸟，品种并不明确，嘴巴小小、身体浑圆、有着和糖果一样的颜色。小鸟印满整张包装纸。它张着翅膀，幸福地鼓起胸膛，微笑着飞翔在天空中。

哥哥绝不会丢掉任何一张包装纸。吃完一颗波波之后，他一定会小心翼翼地铺平包装纸的褶皱，把它放进专用的盒子里。当然，小鸟叔叔把自己的那张也给了他。

某天，哥哥将装满一盒的包装纸一张一张取出来铺在餐桌上，开始用糨糊把它们粘在一起。如此埋头苦干了好几天。

"你在干吗呢？"

小鸟叔叔问了好几次，但他每次都没有停下手上的活，只是含糊了句"在做点事"。

哥哥所做的事情并非看上去那么单纯。他不是简单地把包装纸糊在一起，而是微微错开每张的边缘，形成一道流畅的斜面，同时注意配色，保证整体色彩在微妙过渡的同时又不至于混乱。

食指蘸上适量的胶水，将包装纸的背面贴在报纸上，用肉眼调整那些不到一厘米的偏差，再将另一张包装纸叠加上去。不断重复。坐在餐桌对面的小鸟叔叔则一直不厌其烦地注视着哥哥的手指。哥哥已经成了世界上最会摆弄波波包装纸的人，比糖果工厂那些每天包装糖果的工人都要厉害。胶水不会多到溢出来，斜面角度也不会因为目视误差而变得僵硬。那些看上去一模一样的包装纸有时会存在裁剪上的细微差异，而哥哥的手指却具备神奇的能力，总是能够迅速地察觉出来并进行微调。

我也想试试，粘一张就好。小鸟叔叔虽然有过这样的想法，但始终还是没能说出口，因为他不想妨碍哥哥。哥哥的手指满是干了的胶水变得皱巴巴，报纸被这充满紧张感的工作搞得精疲力竭，盒子里的包装纸们耐心地等待着轮到自己的时刻。

"这些全部要贴上去吗，贴上去之后呢？"

小鸟叔叔实在按捺不住，忍不住开口问道。

"之后嘛……"

成果明明那么完美，哥哥的回答却有些不自信，不过也没到烦恼的地步。那语气，仿佛连自己也很难说清之后想做什么。

说话间，包装纸依然不断地重叠在一起。标志里的小鸟一只一只地被哥哥的手捏起，用掌心温暖，再被装进新的鸟巢里。残留的糖果余香，慢慢充满了它。

不知道最后贴在最上面的那一张，是不是一开始就决定好的。那是一张黄色的包装纸，有着孤儿院鸟舍里的柠檬黄金丝雀一样的颜色。所有的包装纸贴在一起后，就成了一个漂亮的立体。曾经仅仅是一张包裹棒棒糖的包装纸,很会被人揉成一团随意丢弃,但现在再也不见这种气息。厚实坚固,有着无懈可击的、真真切切的分量感。明明经历了很多道工序,看上去却十分自然,似乎这就是它生来的形态。而最惹人注目的,自然还是各种色彩构筑而成的流畅侧面。

"可以碰吗?"

小鸟叔叔忍不住脱口而出。

"嗯,没关系的。"

哥哥说。

那是平滑的地层,而这平滑正是哥哥花费漫长时间逐一积累而成的证明。色彩们互不侵扰,和谐得让人几乎忘记它们原本是十多种不同的色彩,反而孕育出了一种新的色泽。

"好厉害啊。"

小鸟叔叔如实说。哥哥什么也没回答,只是低着头拨弄着手上沾着的胶水。

但更厉害的还在后面。就像挖掘遗迹一样,哥哥拿着裁纸刀在地层中捣鼓,捣鼓出一只小鸟。一只张开翅膀,鼓起胸膛,飞翔在空中的柠檬黄色的小鸟。

哥哥用黏合剂粘上别针,做成了小鸟胸针,送给母亲做生日礼物。母亲不论在家还是外出买东西,都把它戴在左胸。柠檬黄色的小鸟在她的左胸张开翅膀，让人联想到那些沉睡在地层中的五颜六色的小鸟。

这就是母亲的最后一个生日。

三

母亲死于一种无法医治的血液病，过了九年，即将从大学退休的父亲也猝死了。那是一个暑假，父亲与研讨会的学生、助手们一起合宿于民宿时，溺死在了海里。

民宿主人那时正在准备早餐，从厨房的窗户看见了正往海里走去的父亲。他还觉得有点奇怪，因为这个时间有点太早了。过了一会儿再看向窗外时，父亲已经被海浪吞没了。"一开始我还以为是鱼在水里跳，飞溅的浪花染上了朝霞的颜色，散发着很美丽的光。"他这样告诉来接父亲的小鸟叔叔。

没有人知道父亲为什么要在那么早的时间一个人去游泳。合宿自由活动时，大家都在尽情享受海水浴，他却把自己一个人关在房间里，一次也没去过海边。学生们甚至以为他们的教授是不会游泳的。但就在那天清晨，父亲却独自换上泳裤，没拿毛巾，也没做准备运动，就这样沉入了还残留着夜晚寒意的海水里。他穿的是一条很旧的泳裤，颜色已经褪得看不出原本的模样，腰上的绳子也烂了一半，屁股后面的布料薄得似乎稍微用力拉扯一下就会裂开。辨认遗体的时候，小鸟叔叔产生了一种念头，觉得这条泳裤似乎早就已经咽了气，因某些原因而走失的躯体现在终于回到它应有的归宿。父亲的脸上看不出痛苦，取而代之的是一种安详。

父母双亡时，哥哥二十九岁，小鸟叔叔二十二岁。那之后，兄弟两人开始了相依为命的生活。

小鸟叔叔是一家金属加工公司的宾馆管理员，从家里只要骑十分钟左右的自行车就能抵达宾馆。时间上比较自由，有什么事的话，他可以立刻回家照顾哥哥。

宾馆前身是当地一个富豪曾经持有的别墅，金属加工公司把它买下之后改造了一番，用于招待贵宾。庭园是个斜坡，阳光充足，成了玫瑰园。宅子由石头砌成，精雕细琢，充满优雅风情。本身并不大，但因为南侧有一个敞开式的露台，使得整体有了悠闲的氛围。用于宴请的大厅、谈话室、吸烟室、阳光房，每间屋子都被收拾得让人备感舒适。

小鸟叔叔的工作就是时刻保证宾馆的完美状态，随时迎接所有来访者。安排清洁工和玫瑰花匠的工作、定期检查空调设备、清洁窗帘和绒毯类、补充消耗品、修理家具，等等，内容虽然很多，却不会十分繁忙。他只需要联系那些专业的公司，写写订单就可以了，实际干活的都是外面来的人。他大部分的时间都在观察别人有没有按照要求完成工作。总的来说，这份工作只是默默地维持古老宅子的运转，不会孕育任何新事物。小鸟叔叔对此感到非常满意。

半地下的一间小屋充当了管理员办公室。除了锅炉室和仓库以外，这是宾馆中唯一一间阳光照不到的房间。不仅仅是阳光，优雅的装饰品和玫瑰花园也不属于这里。墙边仅仅摆放着简单的办公桌和转椅，剩下的就只有嵌入式书橱里摆放的书本，其他什么也没有。房顶很低，墙上的涂料已经剥落，地板泛着冷冷的湿气。与地面齐平的窗户已经多年没有打开过，锁已经转不动了。

小鸟叔叔就在那间屋子里等待总部打来电话，通知有关宾馆的使用安排。招待客人的机会一个月也就两三次，其他的时间就只是在等待那些素昧平生的来访者中一天天度过。宾客确定之后，准备工作自然会因人数和目的而不同，但不管怎么样，小鸟叔叔都能迅速地应对。和上门的大厨碰头讨论，确认餐具，补充酒水，准备礼品。需要做的事情都是固定的。

宾客们的职业五花八门，既有合作公司的相关人士，也有政府官僚；既有学者，也有艺术家；有的人从外国远道而来，有的人则拖家带口地来访。小鸟叔叔总是在宾馆入口停车的地方迎接他们，但没有任何人会注意到这个驼着背、垂着眼的男人。愉快的谈话和热腾的佳肴都近在眼前，却是他无法触及的。在那座宾馆中，他放轻脚步，屏住呼吸，恨不得连影子都要抹去，言谈举止轻柔得仿佛怕惊扰了树上啄食的小鸟一样。这对他而言一点都不困难。不打扰宾客们的思维，不闯入他们的视野，当然也没有一句谈话，平静地目送他们离开。让小鸟们吃够足以御寒的粮食之后安全归巢，就是小鸟叔叔的心愿。

没有宾客来访的日子里，小鸟叔叔习惯在十二点时关好门回一趟家，并在路上的面包店里购买两人份的三明治。关门要花五分钟，骑自行车要花十分钟，在面包店买东西要花五分钟，按照这样的时间，哥哥提前加热好罐装浓汤，等着他十二点二十准时回家吃午饭。锅里的浓汤煮得不会过分浓稠，也不会夹生，煮得恰到好处。

两人在餐桌前面对面坐下，吃起了三明治。如果不管的话，哥哥只会吃喜欢的鸡蛋和牛肉罐头。出于营养考虑，小鸟叔叔会劝哥哥多吃一点黄瓜。

"嗯。"

哥哥听话地遵从了他的建议。

两个人不会过多地谈话。偶尔，哥哥会零零碎碎地说起中午出现在中庭的野鸟,小鸟叔叔有一句没一句地应和,碰到不确定的鸟类品种时,翻开野鸟图册进行对比。图册一直放在餐桌的一角,和盐瓶、胡椒瓶、餐巾享受着同样的待遇。多亏了它的存在,小鸟叔叔才能很快地记住山雀、小星头啄木鸟、白头翁在"波波语"中的叫法。

"今天来了一只斑鸠。"

"那就是冬天到了。"

"嗯。"

"你在树枝上插苹果了吗?"

"可是斑鸠不吃苹果。"

"为什么?"

"它在客气。"

"啊?"

"因为白头翁先来的。"

"它们关系不好吗?"

"白头翁性格活泼,头上的毛比较蓬松,很顽皮。斑鸠被它的气势吓到了,只敢在地上翻着土。"

"它们都不打架的呢。"

"不打架的。斑鸠只是在找土里的虫子,既没垂头丧气,也没委屈,客客气气的。"

"呵，这样啊……"

"但它会吃白头翁掉下的苹果屑。"

哥哥从没问起过小鸟叔叔工作的事。小鸟的话题结束后，餐桌上又恢复了安静，餐厅里只听得见吞下三明治的声音和喝汤的声音。斑鸠也好，白头翁也好，都消失在了某处。

吃完饭后吃几片哥哥切下的苹果，苹果是喂小鸟剩下的部分。他既然可以做出那么精美的小鸟胸针，自然也能漂亮地削好苹果。

到十二点四十五分，小鸟叔叔跨上自行车重新回到宾馆。哥哥清洗餐具、清洗罐头、合上图册，再继续等待着他的归来。

哥哥每周三的青空商店之行一直持续着。因为工作的缘故，小鸟叔叔不能陪他一起去了。店主阿姨死后，她的女儿继承了这家店。店铺从杂货店改头换面成了青空药店。随着时间的流逝，各种事情都在变化，但不知道为什么，只有波波还和以前一样可以买到。颜色、种类、大小、包装纸的设计都和从前一样，依然装在盖子生了锈的广口玻璃瓶里。

骑着自行车从店前经过时，小鸟叔叔不禁往玻璃瓶的方向看了一眼。随后陷入一种错觉，仿佛从自己小时候和哥哥一起来买东西时起,瓶子的里面就一直是同样的东西。那是只为哥哥存在的瓶子,绝不会卖给其他客人。瓶底还有许多波波等着被取出,它们几乎快要变成化石,却依然静静地等待着。十年,二十年,它们长长久久地等待着变成小鸟胸针的那一天。

取代洗洁精的是感冒药和泻药,取代食用油的是化妆水和雪花膏,从天花板上挂下来的锅类和虫笼变成了宣传药品公司的挂件,但避风港还是避风港,它的气息没受到任何损害。除了掩盖稀疏毛发的围巾以外,新店主从苍白的脸色到说话的口吻都像极了前任店主。如何接待周三的客人这一点似乎也得到了很好的传承:首先询问想要的颜色,接着从瓶底取出一颗,必然地,每次取出的颜色都是错的。

青空药店的购物之行几乎定型成了一种仪式,这与母亲期许的社会训练已经相去甚远。不过,波波依然是联系哥哥与外面世界的唯一细线,这一点并没有变化。似乎为了遵守很久很久以前和母亲的约定一般,他每周都会出门去买波波。

下班回来看到桌上摆着一根新的波波时,就知道今天是周三。周二晚上看到哥哥舔着波波时,就知道明天是周三。

"一定要记得关掉煤气。"

小鸟叔叔的叮咛也变成了仪式的内容之一。

"不要忘记锁门,钱在碗柜的抽屉里。"

哥哥含着波波点了点头。他从没有忘记过关掉煤气，也从没有忘记过锁门，更没有弄丢过钱。

小鸟胸针做到第六个了。包装纸存到一定的量以后，制作就会准时开始。工序没有变化，胶水和裁纸刀的刀片已经用掉了不少。继黄色之后，摆在包装纸底层最上方的颜色依次是紫色、红色、蓝色和浅蓝色。做完之后，胸针就会被摆到母亲的照片前。

比起最初的柠檬黄小鸟，哥哥的手艺逐渐在进步，底层的牢固程度也好，裁纸刀的使用手法也好，都比从前更加精湛。可小鸟叔叔最喜欢的依旧是最初的柠檬黄小鸟胸针，它有着笨拙而又含蓄的味道。

宾馆周末一般放假，两人基本上都不出门。小鸟叔叔最多会去超市买些东西，或者去图书馆，剩下的时间就用来打扫房间和冷冻饭菜——某些时候因为工作晚归，需要给哥哥提前预备。小鸟叔叔煮着炖菜，揉着可乐饼，包着烧卖，哥哥在旁边竖起耳朵聆听院子里野鸟的声音。

晚上，两人会一起听广播。他们没有固定收听的节目，广播里既有小说的朗读，也有歌剧演出的直播。收音机放在起居室角落的旧柜子上，旁边就是母亲的照片。在侧耳倾听这件事上,哥哥有着特殊的才能。无须阐述感想,从姿势就能知道他正在深深地品味着广播里流淌出的每一句话、每一个音节。他的内在是透明、虚空的,只有耳朵献给了小鸟、朗读和歌剧。因此,音节们不会被任何外物影响,甚至舍弃语义,只是以最原始的形态浸染着哥哥的内心。

晚饭的餐具全部清洗完毕,厨房也被收拾得干干净净,再也没有任何烦人的杂事。起居室的窗帘拉得严严实实,屋里亮着灯,将深沉的夜色牢牢地锁在外面。小鸟们已经归巢,院子里悄无声息,只剩下兄弟两人坐在小小的房屋正中间。广播里传来遥远某国的童话,垂死的恋人们互相拥抱着发出的叹息,以及歌剧女主角的抒情咏叹。哥哥将手叠在身前,视线落在自己的指尖上,凝神屏息,不错过任何细微的声响。看上去,似乎他整个人都变成了耳朵,跪伏在音节前。

小鸟叔叔想,这个世界上的音节只有在哥哥的耳朵里才是最真实的状态。为了不影响他,小鸟叔叔小心翼翼地为他空了的茶杯倒上茶水,信号不好时就调整收音机的天线。然后开始模仿他的样子拼命地倾听着收音机,和照片里的母亲一起,和小鸟胸针们一起,侧耳倾听。但不管怎么样,都无法达到哥哥的程度。

"已经很晚了,睡吧。"

到了差不多的时间，小鸟叔叔这样说。

"嗯。"

关掉收音机，哥哥有些脚步虚浮地走向二楼卧室，不知道是否因为声音暂时还停留在耳朵里的缘故。

"晚安。"

"晚安。"

波波语中，小鸟叔叔最爱的就是这句"晚安"。它的发音揭示了夜晚小小的离别，又回荡着令人怀念的、心怀怜悯的情感，音量再小也能传达到远方的夜幕中。他有一种预感，数次重复之后，哥哥的"晚安"会在某一天变成"再见"。但一到睡觉的时间，他还是忍不住想要听到那句"晚安"。

"晚安。"

明知哥哥已经不会听到自己的声音，小鸟叔叔还是凝视着楼梯那一段的黑暗，小声重复了一遍。

在宾馆工作了约莫五年后，因为上司要求小鸟叔叔消化掉积攒的年休假，兄弟两人曾计划过一次旅行。

"就住在高原的山间小屋里吧。"

小鸟叔叔提议说，哥哥看上去并不十分感兴趣。

"有很多野鸟哦。"

拿出小鸟作为诱饵，似乎也没什么效果。

"我们去烧烤吧，在铁板上烤香肠和大葱的那种。而且周三之前就会回来，你还是能去青空药店的。"

哥哥没有说好，也没有说不好，只是默默地开始收拾旅行要用的东西。动作虽然迟缓，准备却很充分。尽管只是两天一夜的旅行，行李却塞了不止两个波士顿旅行包。

六套内衣、三条替换的裤子、四件毛衣、六件长袖衬衫、针织帽子、腹带、雨衣、双筒望远镜、梳子、针线包、鞋油、止痒用的软膏、湿布、肠胃药、指南针、果汁瓶盖、浓汤罐头、收音机、野鸟图册、母亲的照片……这些东西被铺在起居室的地板上。哥哥将它们塞进包里又取出来，改变顺序和叠法再塞进去，重复了很多遍。看着哥哥这副样子，小鸟叔叔不得不去储藏室抽出了父亲的一个波士顿旅行包。这个包是父亲生前往来于各个学术交流会时使用的。

"没必要全部都塞进去哦，带不走的不带就是了。"

小鸟叔叔尝试着劝道。但哥哥一心想着如何把所有的东西都塞进去，压根儿没想过要减行李。随着出发的日子越来越近，哥哥没有放弃，依旧专心致志地整理着，途中还加入了新的行李（爽身粉、鱼肝油、沙漏等），主动给自己提高了难度。他端坐在地板上，看上去就像被漂流物环绕的海鸟一般。

令人吃惊地，哥哥竟然把所有的东西都塞进了三个波士顿旅行包里。每个行李都收缩到极限，互相倚靠着，互相谦让着，在波士顿旅行包中挤成一团。不管多小的空间里都栖息着与其相符的物品，重的在底层忍耐着，轻的在上面尽可能不形成负担地屏住呼吸。最后，哥哥将从小使用的白色篮子——那个拜访语言学家的研究所时带去的篮子，放在了第三个旅行包上方唯一剩下的空隙里。篮子里依旧放着玻璃弹珠、小夹子、碘酒瓶子和卷尺，哥哥将上周买的波波也放了进去。伴随着顺畅的哧溜一声，旅行包的拉链拉上了，它圆满地完成了自己的任务。

出发当天，兄弟两人一起提着包出了家门，哥哥提了两个，小鸟叔叔提了一个。临出门前，小鸟叔叔忙着制作火车上吃的便当，哥哥爬上梯子，将比平时切得更大块的苹果插在了院子里的水松树枝上。两人的装扮都比平时更清爽一些，哥哥穿着印度棉的凉爽衬衫、休闲裤和新买的运动鞋——都是小鸟叔叔为了今天的旅行在百货商店买的，头上也和小鸟叔叔一样喷了护发水。

他们并肩走向公交车站。因为波士顿包实在太重，两人只好沿着路边的矮墙摇摇晃晃地前行。刚刚升起的太阳很快照向大地，哥哥的衬衫眨眼就被汗水濡湿了。

"累了就跟我换换吧。"

小鸟叔叔伸出空着的手说。

"不用,没关系。"

哥哥握紧了拎着旅行包的手。

夏日阳光毫不留情地笼罩着两人的后背。青空药店还没有开门,入口处挂着帘子。公园里传来的蝉鸣形成了一个个旋涡。

"高原凉快吗?"

哥哥问。

"嗯,凉快的。"

小鸟叔叔回答。

"山间小屋里几张床,有两张吗?"

"有。"

"枕头呢?"

"有两个。"

"烧烤的时候会被烫伤吗?"

"不会。"

"收音机能收到信号吗?"

"能。"

这时,两人已经拐进小巷,路过幼儿园的鸟舍。正放暑假，这里没有一个人影，只有小鸟们和往常一样精神十足地飞来飞去。

"我要回家。"

哥哥忽然停下脚步，靠在栅栏上说。

"什么？"

小鸟叔叔问道。

"我要回家。"

哥哥用同样的语调重复了一遍，提着波士顿包更用力地靠在了栅栏上。这儿几乎是他们观看鸟舍的固定位置，刚好形成了身体大小的凹陷，现在哥哥的身体就正正好好地缩在里面。

"前面大马路上就是公交车站，没几步了。"

小鸟叔叔指向小巷的对面说。

"坐上公交车，再坐火车，就能到高原了。床和枕头都有两个，可以吃到不会烫伤的烧烤，也能听到广播，还有凉快的小木屋。"

直到最后，哥哥的脚还是没能往前迈出一步。

结果两个人只好返回家里，换掉衣服，把旅行包里的东西全部放回原位。到了午饭时间，再打开饭盒吃起来。

"啊，好累好累！"

晾凉茶喝完之后，他们躺在沙发上，仿佛刚旅行回来一般，有一种心情愉悦的劳顿感。

那之后，兄弟两人再也没有去过任何地方旅行。不知何时达成的约定，他们一起外出的地点永远只到幼儿园的鸟舍为止。从家到鸟舍的这段路上，包含了所有哥哥需要的地方，内科、胃肠科的个人诊所，牙医，理发店，眼镜店，电器店和青空药店。没有必要再去其他任何地方。但是，行李还是要塞进波士顿旅行包的。

一年里有那么一两次，小鸟叔叔会做好旅行计划，哥哥则配合这个计划准备行李。去火山湖畔钓鱼、野营，参观深山的修道院，在疗养所里泡温泉，划船沿运河漂流，在雪山的出租别墅里滑雪，去孤岛洗海水浴，参观石器时代的遗址和博物馆……各种各样的旅行。小鸟叔叔翻开地图，用红色铅笔圈出要去的地方，调查时刻表，制订火车换乘的最快方案，参考旅游指南寻找住宿的地方，计算旅费，最后把行程记在报告纸上。

哥哥对目的地没有任何要求，一切都交给小鸟叔叔，但他并不是毫不关心。作为准备行李的人，一旦方案确定以后，哥哥就会提出各种各样的问题，收集准备工作所需要的各项信息。

湖水有几米深，修道院的地板是什么材质的，船上准备了几套救生衣，去孤岛的快艇上有没有放晕船药，博物馆里的温度设定成几度？

每个问题都正中关键。为了尽可能正确地回答他的问题，小鸟叔叔会打电话向快艇公司询问，或者查阅百科全书。

行程表完成之后，终于轮到哥哥出场了。从衣柜的抽屉到厨房的地下收纳盒，从洗脸台上到房顶下面的阁楼里，他从中取出各种需要的东西铺在地板上。自然地，根据目的地和目的，选择行李的标准也是不一样的。参观遗迹的话，为了不损伤重要的遗迹，需要带上柔软的橡胶底靴子和军用手套；温泉疗养的话，需要带上锉刀，脚跟泡软之后可以拿来磨脚；钓鱼的话，则要选择鱼类图册。有些行李看似让人难以理解，但也必然有着相应的理由。果汁的瓶盖放在山间小道上做标记，以免在山里迷路；万一两人走散，就可以看着沙漏的落沙来安抚不安的情绪。

每次旅行，有五件东西是必须带上的。分别是收音机、浓汤罐头、野鸟图册、母亲的照片和白色篮子。无论何时，波士顿旅行包都给它们留出了特殊的位置。

只是看着这些浩浩荡荡的行李，小鸟叔叔就能想象出将要前往的目的地的模样。回廊里一根根柱子的光滑曲线，运河水面上水草的流向，落在哥哥滑雪帽上雪花的白色，一切都那么生动真实，宛如就在眼前。

哥哥会提分量重的那个行李，会仔细检查有没有遗漏的东西。不管去哪里，他都不知疲倦，认真地默默地四处参观。他会仔细阅读每个角落里的说明书，不时地发出"哦——"的感叹声，将宣传手册小心翼翼地放进衣服内袋。泡温泉时，他会忠实遵守入口处张贴的"正确的入浴方法"。泡海水浴时，他会认认真真地做准备运动，牢记父亲事故的教训。他严格遵照小鸟叔叔的行程表行动，仿佛照章行事才是礼貌一般，从不任性而为。因为是难得的旅行，所以晚饭时会咬牙吃上一顿高级西餐，喝上一点点红酒，偶尔还点一个大号栗子香提蛋糕作为甜点，吃得饱饱的。两个人还会认真地购买特产，买些不足为奇却又颇有心意的特产，小鸟叔叔送给进出宾馆的技工们，哥哥送给青空药店的店主。晚上还是会打开收音机，在旅行地点收到的信号总是不那么稳定，声音时断时续，也正因为如此，他们更加深刻地认识到自己来到了多么遥远的地方。

行李中间的哥哥看上去很小，似乎成了一件应该被装进波士顿旅行包里的行李。哥哥装包总是十分谨慎，次数多了，手法越加熟练，但依然需要集中精神。只要做错一步，就有可能导致行李装不进去，不得不重新来过。三个波士顿旅行包里的东西们被守护在一种严密的秩序之下，那是小鸟叔叔的行程表远达不到的秩序。

小鸟叔叔很喜欢看起居室地板上铺着的东西，一件一件地经哥哥的手消失在波士顿包里。只要看着哥哥的手法，就能知道他们的旅行是安全的，他们的世界是平稳的。

"好了，装好了。"

拉好第三个旅行包的拉链，哥哥说。

"嗯。"

小鸟叔叔回答道。

这就是两人的旅行。

星期六下午，小鸟叔叔下班以后，两人一起去看幼儿园的鸟舍。孩子们都回家了，园里没有人。孤儿院是什么时候变成幼儿园的，建筑是什么时候重建的，攀登架和沙堆是什么时候建成的，小鸟叔叔已经想不起来了。清楚的，只有那里的鸟舍和喜欢望着鸟舍的哥哥。

看栅栏上的凹陷就能知道，哥哥一个人也经常来到这里待上很久。侧着身子，左肩和腰靠在栅栏上，左手弯在胸部下方，右手抓着栅栏。哥哥不知不觉地就会把脸靠近小鸟们，额头和脸颊都陷进栅栏的网眼中，可能是为了缩短和鸟舍的几十厘米吧。他没有花太多力气，也没有感到疼痛，身体看上去十分自然。小鸟叔叔只是默默地站在他的身后。

幼儿园的后门没有上锁,只要取下门闩就能轻易地进到里面。稍微花点心思没准就能打开鸟舍的门,即使打不开应该也能从铁丝网的缝隙里伸进手指,摸到小鸟。但哥哥对小鸟们从没表现出过分亲昵的态度。不吹口哨,也不搭话,只是站在自己应该站的地方,远远地望着它们。小鸟叔叔心想,如果哥哥用波波语和它们说话,它们一定会给出比自己更加准确的回应。

孤儿院时代,金丝雀类很常见,不知何时渐渐衰退,鸟舍就成了十姐妹鸟的天下。小鸟叔叔想起了看着十分美味的柠檬黄金丝雀,相比之下,十姐妹鸟看上去普通得有点可怜。从脸颊到后背直至脖子的羽毛都是不显眼的土黄色,连花纹都像开叉的毛笔随意涂上去的一样。

"十姐妹鸟是姐妹。"

仿佛从栅栏的缝隙间悄悄呼出一口气,哥哥轻声说。

"嗯,是呢。"

小鸟叔叔点了点头。

"关系很好的姐妹。"

"这里的每只,都是姐妹?"

"十个姐妹。"

"真热闹啊。"

"我们是两个。"

小鸟叔叔看向哥哥瘦削的后背,他后脑勺的毛发有点稀薄了。

从小到大,哥哥的个子一直都比小鸟叔叔高。哥哥鼻子高挺,眉眼深邃,嘴唇干燥紧绷。与此相对,小鸟叔叔的脸十分平常,毫无特色,鼻子、脚、耳朵都比哥哥小。不过,虽然长得不像,但只要两个人在一起,别人一眼就能看出他们是兄弟,并且无一例外地准确猜出谁是哥哥、谁是弟弟。

十姐妹鸟没有一刻的安静。翅膀、嘴、脚或者眼睛,总有一个部分一直在动。深信自己停下哪怕一瞬也会死去一般,用力地挥洒着精力。有的在饮水处拍打着翅膀,有的独霸了秋千,有的藏进了圆巢里。它们一边随心所欲地行动着,一边注意着不让自己从哥哥的视野里消失。它们意识到了哥哥的存在。至于小鸟叔叔,它们从一开始就看出他只是陪衬,所以完全不在意。

这时,忽然传来一阵格外嘹亮的歌声。以歌声为信号,几只小鸟一起拍打起翅膀,剩下的几只也在栖木上左右跳动起来。不管哪种鸟,一旦张开翅膀,身体都大得令人惊讶。小鸟叔叔忍不住想要惊呼:这样的大小平时到底是怎样隐藏的?他深刻地认识到，翅膀下面原来隐藏着他们从来没想过的东西。同时，他也惊讶地发现，在栖木上小步蹦跳的鸟腿原来那么衰老。与柔软的羽毛、坚硬的嘴、澄澈的眼球相比，这两条腿是那么纤细，颜色是那么柔弱（仿佛是内脏不小心渗出形成的），上面还排列了数个小包。小包罔顾它们的意愿，擅自堆积，紧紧依靠，偶尔有几个还渗出黑色，勾勒出属于每只小鸟特有的花纹。不管看上去再怎么精神，鸟腿上的岁月痕迹都是无法掩饰的，从它们出生起的时间就堆积凝结在此。

哥哥做的小鸟胸针，鸟腿藏在翅膀下，但在那看不见的腿上有没有和十姐妹鸟一样衰老的小包呢？青空药店的广口玻璃瓶里，小包是不是在逐渐胀大？这些小包摸上去是什么样的触感，和哥哥干燥的脚后跟一样吗？一边倾听十姐妹鸟的歌声，小鸟叔叔一边思考。

歌声还在不间断地持续着。唱歌的是占领栖木正中央的那一只，它的头顶有一片小小的白色，仿佛顶着一团还未融化的雪。它的喉咙深处正迸发出与小小身体不相符的音量和充满技巧的歌声，有高有低，有强有弱，既有断音，也有颤音，既有前奏，也有主旋律，既有间奏，也有高潮。什么都有。

"小鸟唱的全是爱的歌。"

小鸟叔叔想起哥哥曾经告诉他的这句话。爱的歌，哥哥坦然自若地说出这么浪漫的语言，让当时的他很是害羞，只能含糊地回答一句"哦，是嘛"。但现在听了十姐妹鸟的歌声，他立刻明白这就是为爱而唱的旋律。只有为了爱，歌声才会那么努力，才会那么恳切。

哥哥侧耳倾听着，关心着它们求爱的结果。胸口下方的左手变得冰冷，右手的手指也失去了知觉，只有耳垂没有失去它的温度。漫长歌声暂停下来的瞬间，小屋角落里的另一只开始歌唱。声线、旋律、节奏较刚才那只略有些逊色，另一只鸟看准它的青涩也插了进来。哥哥将耳朵更歪了过去，就像眼睛长在脑袋两侧的小鸟侧着头认真看东西时的模样。

除了兄弟两人，再也没有第三个人聆听这些歌声。幼儿们已经离开，老师们的身影也没有出现，路过这里的行人似乎为了避免和他们扯上关系，加快脚步小跑着离开了。

哥哥的耳朵可以准确地听取小鸟们的歌声。从夹杂在每个音节之间的微小呼吸，到隐藏在喉咙深处的舌头震颤，小鸟发出的一切都能传达到哥哥的耳朵里，他也能理解它们表达的意思。因此哥哥清楚地明白，它们的爱不是献给自己的。

"差不多该回家了吧？"

不知何时，天色已经暗了下来。管理时间一直都是小鸟叔叔的任务。

"好。"

哥哥也从来不会抗拒。

四

某一天从宾馆下班回家的路上,如往常一样路过青空药店门口时,小鸟叔叔忽然觉得店里有什么东西吸引了自己的注意,便停下自行车。药店里面有一个过了中年的客人,正隔着柜台和店主谈笑风生。小鸟叔叔握住自行车把手,越过玻璃打量店内。

里面还是熟悉的样子,没有任何异样。双氧水、药棉、维生素片排成一排,积满灰尘的玻璃柜中锁着被指定为烈性药的药品,角落里堆了几个没有叠好的纸板箱。当然,波波还是守卫在收银台固定的那个位置。

店主和客人都没有察觉到小鸟叔叔,自顾自地说笑。在这期间,他再度仔细检查了店内的每个角落。止咳糖浆、催眠药、蓖麻油、糯米纸、痱子粉、雪花膏、发蜡……当目光落在天花板垂下的印有药品公司标记的挂件时,忍不住发出了一声惊呼。

"那个,不好意思!"

小鸟叔叔慌慌张张地将自行车停好,走进店里打断了两人的谈话。

"那个,挂在那里的那个东西……"

两人同时抬起头来,诧异地看了一眼闯入者,又低头耳语了一阵。

"药品公司的人为了宣传挂在这里的,怎么了?"

店主回答的同时,客人就像没有看到小鸟叔叔一样走了出去。

"啊,这个我知道。我是说挂在那东西上面的……"

小鸟叔叔指了一下天花板,柠檬黄的小鸟胸针正在那里摇摇摆摆。

"啊。"

店主瞟了一眼那只小鸟,露出了"搞了半天原来是这个啊"的表情。

"是你哥哥给我的。"

那口气仿佛在说,它和药品公司放个挂件在这里是一回事。

"今天是周三,你哥哥已经来过了。"

她把右手放在装着波波的广口瓶瓶盖上说。

"就是那时候给我的。"

因为多了不属于它的附件,挂饰的重心已经偏移,小鸟也摇摇晃晃颇有几分危险。它张开翅膀,扬起嘴,艰难地维持着平衡,但远没达到飞翔的程度。倒有点像是受了伤挂在树枝上,已经气息奄奄的模样。

"为什么……"

店主露出了一副"你问我我也不知道"的表情,用手指反复摩挲着生锈的瓶盖。瓶盖发出咯吱咯吱的声音。

"我也不知道啊……他就像平时一样来买了一颗糖,把找的钱放回钱包里,然后就从口袋里拿出这个小鸟,放在了这里。就这样。"

"他有说什么吗?"

"嗯,说了点什么,叽里咕噜的,但是你知道的,你哥哥……"

店主抿起嘴,仿佛为了化解说到一半的尴尬,开始将食指上的铁锈擦在白大褂上。

那是一件有不少年头的白大褂。最上面的纽扣只剩下一半,插圆珠笔的胸口口袋被漏出的油墨染上了色,袖口也磨破了,浆洗过多颇显老旧的布料忠实地勾勒出店主敦实的身体曲线。

"他到底想表达什么啊?"

小鸟叔叔问道。

"这你问我，我也不知道啊，应该没什么特殊意义吧？"

"不会的，肯定不会是没有意义的……"

这次轮到小鸟叔叔抿起了嘴。因为小鸟胸针是送给母亲的重要生日礼物啊，他在心里嘀咕着。

"那是糖果的包装纸吧？"

她的音调变了。

"是你哥哥做的吧？不用说也知道，除了他也没有哪个客人会买那么多糖果了。"

小鸟叔叔和她一起抬头望向小鸟胸针。它既没能停留在母亲的左胸前，也不能飞翔到天空里，身为小鸟却不能歌唱，只能无依无靠地悬挂在半空。不知从哪里吹来一阵风，它跟着转上两圈，似乎每多转一圈就多虚弱几分。

夕阳照在店主的侧脸上，她的脸色更加难看了，皮肤干燥得起皮，剪得很短的头发随意地翘着。她的身影和排列在货架上的商品融为一体，轮廓也模糊起来。因为长期待在同一个地方，就连影子好像都被货架吸收了，一如幼儿园栅栏上出现和哥哥的身形相同的凹陷那样。

小鸟叔叔忽然想，从杂货店时代起，柜台后面的那个人是不是一直都没有变化过。就像哥哥买了再多，瓶子里的波波从来不见减少一样，时间再怎么流逝，店主也能保持同样的模样。她站在那里，就是为把波波卖给哥哥。拿掉围巾，换上白大褂，应该也只是一时高兴。

"老板。"

这时，有一个客人走了进来。

"有驱虫药吗？"

"有的，片剂和口服液，要哪种？"

店主立刻从小鸟胸针上收回视线，开始接待新的客人。

将蹲在货架下面寻找驱虫药的她留在身后，小鸟叔叔离开了青空药店。

"为什么把小鸟胸针送给那个药店的阿姨啊？"

哥哥什么也没说，皱起眉头支吾了一句，露出一副现在正在思考这个问题的表情。

果然，柜子上母亲的照片前，少了一只柠檬黄的小鸟胸针，餐桌上躺着一根这天新买的波波。

"那胸针很重要的吧？就这么随便给不那么熟的人，哥哥觉得无所谓吗？"

哥哥的支吾声逐渐轻了下去。

"我最喜欢的就是第一个，做它的时候花了多少时间和精力，你自己是最清楚的吧！"

小鸟叔叔感觉自己越说越激动，即使想要停止，语言也会自然而然地迸发出来。受到这样的气势压迫，哥哥的声音变得更加纤弱，时断时续起来。

"你亲手做出来的生日礼物，妈妈当时有多高兴，哥哥你不可能忘记吧！那是妈妈戴过的唯一一个小鸟胸针啊！偏偏还把它送了人……"

哥哥低下头，用手指按住了眉心。

"那是遗物啊！妈妈的遗物！波波语里也有'遗物'这个词吧？"

啊，不想再说下去了，小鸟叔叔想。他有一种预感，再说下去，会说出什么无法挽回的话来。

"它还在的。"

就在这时，哥哥终于开了口。不知什么时候起，他的支吾声已经停住了。

"就在这里啊，柠檬黄的小鸟。"

哥哥松开按住眉心的手，指向母亲的照片。

的确，母亲的左胸上仍停留着那只小鸟。栖息在可以安心休憩的巢中，小鸟张开翅膀，将可爱的黄色撒向天空。它和挂在青空药店的那只似像非像，但两者无疑就是同一个小鸟胸针。

"所以没关系的,妈妈还是有小鸟胸针的。"

哥哥说着自顾自点了点头,将手伸向照片旁边的收音机,打开了开关。播音员播报新闻的声音流淌了出来。

"而且店里的那个人也不是不太熟的人,是很熟的人,说过很多话。已经有很长的时间,每周都会见到她。她是卖波波给我的很重要的人。"

市议会议员大选作弊,公共市场发生火灾,发现新星,水族馆闭馆,交通信息,天气预报。收音机里传来各种各样的新闻。已经彻底陷入昏暗的房间里,只有播音员的声音在回响。就像侧耳倾听小鸟们唱求爱之歌时一样,两人并排站着,再没有说出一句话。

青空药店里的货架是什么样的,现在仍可以巨细无遗地回想起来,但店主的脸长什么样的,却怎么都想不起来,这让小鸟叔叔觉得很不可思议。能够回想起来的只有古旧的白大褂和取出波波的手,而她的表情和五官似乎都笼罩着一层薄薄的烟雾。对哥哥不会特别冷淡,也不会特别亲切,每次都会卖波波给他,但每次的颜色都是错的。

周三,哥哥在青空药店是怎么买东西的,小鸟叔叔从没细想过。他所担心的只有钥匙和钱的问题,至于买东西的过程,应该和儿童时代一样是波澜不惊的。每个周三的外出,那是哥哥、小鸟叔叔和母亲历经漫长的岁月才完成的固定仪式。

每当想起哥哥悄悄拿出小鸟胸针递给店主时,小鸟叔叔就会陷入一种莫名的不安。虽然这和他平时担心的事故、受伤、迷路等完全无关,却总能让他产生一种奇妙的怒气。

第二天午休时,小鸟叔叔没有回家。他在面包店买了一人份的三明治,在宾馆的办公室就着盒装的牛奶吃了下去。

傍晚下班回家后,发现餐桌上放着一块苹果,厨房的煤气灶上放着单柄锅,锅里剩着一半的汤。苹果已经变了颜色,汤已经冰冷了。

那之后每次路过青空药店,小鸟叔叔都会检查一下店里的挂饰。那根本无关紧要,本来胸针就是哥哥做的,送给谁都是他的自由,不关自己的事。小鸟叔叔总是这样告诫自己,但每当靠近药店时,还是会忍不住看一眼店里的天花板。店里的小鸟胸针在逐渐增加,自然而然,照片前的在不断减少。

每只小鸟都同样拘束。空中本应是属于它们的世界,现在却仿佛到了错误的地方一样,束手无策不知如何是好。有的被挂饰的绳子缠住正苦苦挣扎,有的歪得厉害似乎随时都会掉落下来。下方的店主完全没有察觉到它们的危机，依旧埋没在商品货架中间。

小鸟叔叔已经可以一边骑着自行车路过，一边迅速地清点天花板下小鸟的数量。数量没有增加的周三，他就用和平时一样的速度离开；数量增加的周三，他会为了排遣心中怒火拼命踩踏板，直到让链条发出呜咽声。只是再也没有质问过哥哥有关胸针的事情。

照片前的胸针全部送给了店主，柜子上变得十分荒凉，相反地，青空药店的天花板下则变得十分热闹。那之后没多久，突然有一天，挂饰和小鸟们全部不见了。

那是漫长的夏天结束，终于吹起秋风的时候。

"药品公司倒闭了。"

店主说。

"所以挂件全部扔掉了，宣传一个倒闭的公司也没什么用。"

"呃，那小鸟……"

小鸟叔叔慌忙问道。

"啊，那些啊。"

店主打开柜台的抽屉。透明胶、放大镜、印台、图钉等乱糟糟地挤成一团的抽屉中，小鸟们怯生生地互相倚靠在一起。

"不好意思啊,这些能不能麻烦你帮我还给你哥哥啊?"

店主用双手捞起它们,零零散散地放在了柜台上。一共有九只。哥哥花了难以计数的时间一张一张粘起来、做成底层、再从漫长的沉睡中将其唤醒挖掘出来的小鸟们,加在一起也只有那么点大,可以轻易地被店主的双手拢住。

"倒不是说放在我这儿多碍事,就是他拿来那么多,嗯,感觉心理上有点压力。"

小鸟们面朝各个方向滚动着,一直睁着圆圆的眼睛。不知道是不是错觉,在透过玻璃门照进来的阳光下,小鸟们看上去有点褪色。

"当然,我也是很感激的,毕竟他买了那么多糖果,连包装纸都没舍得浪费。但是我不知道要怎么回应你哥哥啊,完全不知道。"

店主一边说,一边戳了一下柠檬黄小鸟的屁股。它的嘴"噌"地叩了一下柜台。

"这些到底是什么啊。礼物,谢礼,奖励,慰问,还是纯粹的垃圾?我说一句谢谢就可以了,还是要送点什么回礼才好?要送回礼的话要送什么才好?总之我现在就是一头雾水。所以才没办法地想了个办法挂在天花板下面,毕竟是鸟嘛。"

"呃……"

小鸟叔叔无力地表示了同意。

"而且还有一件让我头疼的事，你哥哥总是不肯走。"

"不走，他在这里做什么啊？"

"就一直站着，站在我面前。买好了东西以后也不走。姑且我也会问问他还需要什么，但我就算问了也没用啊，对吧，我听不懂他的回答啊……对不起啊，千万别因为这件事伤了和气。"

"是，肯定不会的。"

"你哥哥要的只是糖果，这我也知道。其他客人进来之后你哥哥也一动不动的，只是听着我和他们的对话，完全不会来打扰。再怎么对他不理不睬也不会生气，不会发火，就这么一直静止……对，这个词用来描述你哥哥最合适了，一直，就那么静止不动的人。"

小鸟叔叔想象着和自己站在同样地方的哥哥。一只手上拿着刚刚买的波波，另一只手把一个新的小鸟胸针放到柜台上。他有可能说了什么，也有可能只是沉默着。不管哪种，对店主来说都是一样的。她不知所措地说着谢谢，戳着小鸟的屁股希望能够推动事态的发展，但于事无补，只有时间一味在流逝。她开始有些烦躁，开始有些不舒服。

已经习惯了沉默的哥哥没有察觉到店主的心情。他想和店主同享一份沉默。两人之间只有小鸟胸针。就像站在幼儿园鸟舍前看着小鸟一样,他一直盯着那个小鸟胸针。

就在这时,有客人走了进来。这下应该会回去了吧,店主这样想着松了一口气,却发现他还是没有一丝动弹的意思。客人不加掩饰地上下打量哥哥,为了避免和他搭上关系迅速地完成购物。止咳糖浆、眼药水或者是助消化的药,客人买上一份类似的东西后拿回找零的钱,完全没有注意到柜台上放着的那只小鸟。

哥哥正在侧耳倾听小鸟胸针发出的爱的歌声。歌声从地层底部喷涌而出,穿过青空药店的药品,包裹住波波的玻璃瓶,回荡至天花板。它的目的地是店主。

"给您添麻烦了,真不好意思。"

小鸟叔叔收拢柜台上的小鸟。可以轻易收拢在店主两手之间的九只小鸟,不知为何却不能收在他的双手中,本想装进口袋里却有几只从手掌中掉了下去。

"没关系的,倒是我说了一大堆无关紧要的话,真是不好意思了。"

花了很多工夫,小鸟叔叔好不容易收回了所有的小鸟胸针。

"欢迎再来买糖果哦,周三——麻烦跟你哥哥带上这句话。"

听着背后店主的声音,小鸟叔叔一边小心翼翼地按着口袋防止小鸟掉出来,一边踩着自行车回了家。

到最后,小鸟叔叔还是没有信心解释清楚小鸟为什么会从青空药店飞回家里的理由,除了把它们暂时收藏在宾馆办公室的柜子以外,也想不出其他更好的办法。虽然如他所愿,母亲的遗物回来了,但心情依然是沉重的。

下一个周三,餐桌上没有看见波波的踪迹。

"小鸟胸针没有在唱爱的歌。"

没有特定的倾诉对象,哥哥小声说出这句话,只是为了让它飘浮在空气中。

"也有这样的小鸟的。鸟舍的角落里,也有一直不唱歌的小鸟的。"

不,不是这样的。你的小鸟没有什么错,只是药品公司倒闭了,仅此而已。小鸟胸针的歌声有多美好,妈妈和我都知道。所以不要紧的,不需要担心,你可以尽情去买波波,尽情做胸针,不需要任何犹豫……

小鸟叔叔很想这么说,但实际上却一句话也没说出来,只是轻轻地将手放在一直站在柜子前面的哥哥的后背上。

那之后哥哥再也没有去过青空药店,周三的购物之行就此画上了句号,长期以来一直作为周三标记的波波也消失了。再也不用担心哥哥会一直舔着波波沉默下去,也再不必将它放进旅行行李的白色篮子里。没有了波波,周三还是静静地过去了。

那年秋天有一场严重的台风。太阳下山后风速忽然变大,接着就是没完没了的大雨,等到夜深以后,飓风卷着大雨开始敲打家里的玻璃窗,发出巨大的声响。

哥哥和小鸟叔叔与往常一样,吃完餐后水果在起居室里听广播。广播里正在播放小提琴协奏曲的演奏会。柜子上传来的声音受到台风影响经常听不清,但两人都没想去调高收音机的音量。小提琴的声音很快就会随着风声飘回来。

庭园里肆意生长的树木发出巨大的呻吟,漆黑的影子映在窗帘上。远处隐约传来震撼大地的雷声,时不时夹杂着花盆或者塑料桶翻倒的声音,这期间大颗大颗的雨珠杂乱无章地敲打着屋顶。

哥哥没有一点恐惧。不管台风如何,小提琴的音乐都忠实地按照乐谱流淌着,哥哥也完全不受外面世界的影响,依旧吃着苹果,翻阅野鸟图册。

即使不再制作小鸟胸针,哥哥用刀的手法也没有退步。他给自己和小鸟切苹果吃,苹果皮流畅地褪下,断面有序地排列着,每块的大小宛如用规尺量过一般一模一样。

"幼儿园的鸟舍,不要紧吧?"
斜躺在沙发上,小鸟叔叔侧耳倾听着小提琴和风雨声说道。
"园长老师给它们盖上防水布了。"
哥哥回答说。
"今天傍晚,就在台风来之前,盖得很仔细。"
虽然一次都没有踏进过幼儿园,他却对鸟舍的一切都了如指掌。
"啊,是吗?"
"嗯。"
"现在一定吓坏了吧,毕竟它们都那么胆小。"
"不,它们并不胆小,只是很谨慎。"
哥哥特地在"谨慎"这个词上加重了语气。
"之前有一次我感冒了戴着口罩去鸟舍前面,它们看到我之后不是都吓得扑腾起来逃走了吗,这也是因为谨慎?"
"对,不是因为害怕口罩,只是因为和昨天不一样所以产生了警惕。小鸟是有记忆的，会将现在和记忆去做对比。歪着脑袋，分别用两侧的眼睛一个个谨慎地对比。"

"嘿，原来是这样！"

小鸟叔叔想起来了，哥哥说过他最喜欢看的就是小鸟歪起头来的动作。

"现在小鸟们都在圆巢里。"

仿佛鸟舍就在眼前般，哥哥缓缓地讲述着。他的身体陷在沙发里，弓着背，不知何时已经合上了图册，将视线停留在自己的指尖。

"它们很清楚那里是安全的。它们知道，只要老老实实地待在里面，台风一定会过去的。"

小鸟叔叔闭上眼睛，想起了鸟舍架子角落里的圆巢们，想象小鸟在那些圆溜溜的、稻草编织的小小屋子里挤成一团的模样。

"它们肯定不会闹腾，就这么一直待着。"

"一直"……这个词和小提琴声一起产生了小小的震动，渗进小鸟叔叔的心里。他更加用力地凝神望去，望着眼皮下弥漫开去的黑暗。

小鸟收起翅膀，闭上嘴，睁着大大的眼睛，从巢洞口窥视着外面。往常的敏捷被隐藏在翅膀下面，一点痕迹都不见。小小的屋子里满是温暖、安全的味道，暴风雨被远远隔离在外面的世界。小鸟侧耳倾听着，倾听得那么仔细，看上去羽毛都在微微震动。不太了解小鸟的人可能会以为它在害怕，然而并不是这样。它听到的比其他任何人都要多，接收着传达给它的启示——那是只给待在小小空间里耐心等待的生物的信号。感应于启示的分量，它的内心在震颤。

风刮得更厉害了。协奏曲进入第三乐章，在管弦乐的引导下，小提琴也加快了节奏。小鸟叔叔睁开眼睛时，哥哥的姿势和刚才没有任何变化。他就像将弱小的身体藏在巢穴里，只把小小的耳朵翘在外面，用某种秘密语言窃窃私语的小鸟一样。

"哥哥。"小鸟叔叔说，"我们养只小鸟吧。"

哥哥抬起脸，露出一副不太明白他在说什么的表情。小提琴进入独奏的篇章，开始在风声间隙中迸发出强韧的高音。

"养哪种呢？哥哥你可以选你喜欢的，文鸟、金丝雀也好，虎皮鹦鹉也行。"

房屋似乎开始摇晃，柱子咯吱作响，收音机也发出了杂音。远处似乎传来警车的声音，但很快被风声吞噬消失了。

"啊，还是养特殊点的吧，比如品种改良过的外国鸟。对啊！只是参观幼儿园的鸟舍，肯定会不够的嘛，为什么一直都没想过养一只呢？简直太不可思议了！周日就去百货商店的宠物市场看看,只要你把品种和颜色告诉我,我肯定能买回一只符合你心意的!哥哥一定可以很好地照顾它!"

哥哥一直沉默着。映在窗帘上的树木黑影和他的侧脸重叠在一起,表情看上去摇摇晃晃。两人之间只剩下合上的图册和空了的盘子。图册的封面上有着尖尖羽冠的太平鸟正从鸟食台啄起一块苹果,房间里还残留着一丝苹果的香味。

"我不要小鸟。"

饱尝了沉默的滋味以后,哥哥终于开口。也许是即将迎来演奏的高潮,旋律更加厚重,小提琴也更加激昂起来。那一瞬,小鸟叔叔甚至陷入了暴风雨已经平息的错觉中。

"我不要小鸟。"

同样的语言,同样的语气。哥哥的声音很快就被小提琴掩盖,被狂风吞噬,被雨水鞭打。暴风雨并没有平息。

"幼儿园有小鸟,院子里也有小鸟,全世界到处都有小鸟。我没办法决定哪个是我的。所以,我不要我的小鸟。"

在太平鸟身边,星头啄木鸟正牢牢抓着树干用荆棘般的尖喙啄开树皮;旁边的兰雀骄傲地张开了水蓝色的尾巴;洒在雀鹰上的茶水痕迹已经发黄,点缀着白色眉毛原本英气十足的脸看上去有些滑稽。

"嗯,好的。"

直起上半身,把图册推到里面,小鸟叔叔重新在沙发上坐好之后说。

"说了些多余的话,对不起。"

协奏曲即将迎来尾声。不时混杂其间的杂音完全没有影响到它,构成尾声的音节互相重叠,被小提琴的音色包围着冲上了高潮。仿佛在传达最终的通知一般,打击乐开始奏响。

这时,一个更大的声音响彻了庭院。

既不是风的低吼,也不是雨的声音,与协奏曲更是毫不协调,它从地底深处传来直及脚底。树枝不断发出噼里啪啦的断裂声,某个又沉又大的东西正在缓缓崩塌。窗帘上只能看见一团一团的影子,明明完全看不清院子里的模样,但不知道为什么,他们却真真切切地感受到了院子里的现况。

不知道是围墙塌了,还是房顶被掀翻了。小鸟叔叔不安起来,和哥哥对视了一眼。两人都没有说一句话,哥哥更是一动不动。但那绝不是因为胆小,他只是和聪明的小鸟一样,静静地坐着侧耳倾听物体崩塌发出的声音。左胸戴着小鸟胸针的母亲从照片中凝视着他们。

"我们的巢穴是安全的。"

哥哥低声呢喃道。他的波波语没有被任何可怕的声音妨碍,径直传入了小鸟叔叔的耳朵里。

"我们的巢穴是安全的。"

这一句话,小鸟叔叔在心里反复回味了两三遍。那是比小提琴的音色更美的一句话。

台风过后的第二天早上,两人打开起居室面朝院子的窗户,一起眺望着外面的景象。花了一点时间,他们才搞清楚那阵巨响引发的结果是什么。

院子里掉满落叶,插着苹果的水松枝折了,地上滚落着陌生的凉鞋、自行车罩和垃圾箱盖。但这个院子平时也没什么人打理,本就是一副自然生长的样子,所以这样的变化倒也不是特别惊人。矮墙和房顶都安然无恙,一些积年的灰尘被吹走了,在明亮的朝阳映照下,院子反倒更绿意盎然,湿润明丽。

"啊。"

忽然,哥哥指向院子的一个角落。顺着他手指的方向看去,别院已经被毁坏,在地上塌成一片。

自从父亲去世以后,兄弟两人一次都没踏足过那个别院,甚至从未透过窗子往里看过一眼,就连它的存在也几乎忘记。别院存在那里,就像院里种着水松树和木兰、珍珠花开得很茂盛、树木背阴一侧长出羊蕨一样自然,但也不具备任何更多的意义。父亲刚刚去世的时候,有一阵子小鸟叔叔还想着要整理遗物，但拖啊拖，也就懒怠了下来。每当视野中出现别院时，要处理遗物的压力就涌上心头，有意识地也就不去看院子的西侧了。不是因为想起故人会难受，也不是因为希望将回忆原封不动地保存下来，只是觉得麻烦而已。别院就这样被遗忘了。

逐渐地，别院屏息在树木中，藏身于藤蔓间，屋顶堆满落叶，轮廓日渐模糊，仿佛主动将自己隐身在了院子的昏暗中一般。不知不觉间，它已经变成了不会影响任何人的风景之一。

"是不是地基烂了啊？"

"好惨啊。"

"到底只是父亲依样画葫芦建起来的简易房嘛。"

两人在睡衣外面套上一件开衫，一起走进了院子。哥哥为观看野鸟在杂草上踩出来的那条自然小路已经差不多成形，只有西边的角落依旧杂草丛生。地面上积了些水，湿答答的。不知道是想要补回昨天因台风没飞够的量，还是为了通知这场灾难，黄眉鸫一直不停地鸣叫着。

"幸好不是父亲在里面学习的时候。"

哥哥的口气似乎在说，父亲能够躲开这场危险是他的幸运。

"嗯，是啊。"

小鸟叔叔也说。

别院的屋顶已经坍塌，四面墙压在院子的矮墙上勉强没有倒下，但它原来的模样已经荡然无存了。长在旁边的凤尾草被压瘪，转心莲的主藤被压折，桉树的枝干也伤痕累累。它们仿佛在说：在失去了唯一的主人之后，虽然我们像其他大部分的植物一样顽强地忍耐了下来，但终于还是达到极限，要从脚下开始崩塌了。

残骸间散落着书本。每一本都被雨水打湿，沾满淤泥，不是书页破了，就是封面翻了过来，没有一本是正常的状态。推开墙壁，在散乱成片的地板下小心翼翼地翻找一番之后，找到了文具盒、墨水瓶、放大镜和大学的信封。都是些和工作有关的东西。没有任何母亲送给他作纪念的礼物、可以彰显兴趣爱好的东西、家人的照片等诸如此类的东西。

翻倒的桌子抽屉中掉出了几本笔记本。小鸟叔叔抖落上面的淤泥，快速地翻看起来。似乎是论文的草稿，他完全看不懂。虽然父亲使用的语言应该是和自己一样的，但他无法理解任何一行文字的意思，甚至都无法判断这是不是父亲的字迹。

"要是波波语的话，应该就能全部明白了……"

每翻一页，就有水滴滴下来，父亲的文字渗进水里，随之消失不见。身边，哥哥正抬头望着树梢，寻找黄眉鹀的踪影。

最后，他们只是尽可能地收集了书本和笔记本拿回去处理，扔掉了窗玻璃和钉子之类比较危险的东西，剩下的也不打算叫专业的人来拆除，就这么留在了原地。尽管有些扭曲，别院却更加无声无息了。压在矮墙上的部分一点点掉到地上，木板碎片互相重叠，房顶、墙壁、地板之间的界线逐渐模糊，最终融为一体。它们逐渐腐朽，长满青苔，不知从哪里飘来的种子在上面发芽，开满鲜花。看上去，它简直就像父亲的墓地一样。小鸟们也不知道那里原来是什么，时不时地从树枝上飞下来，在上面欢快地蹦跳着。

五

　　小鸟叔叔和哥哥相依为命的生活持续了二十三年。小鸟叔叔在宾馆工作，哥哥在家里看家。说起来只是很普通的生活，两人都没有任何不满。每年一两次，趁着好时节筹划旅行是他们最开心的娱乐；去幼儿园的鸟舍观看那些小鸟，就像呼吸一样成为习惯；他们互相支撑着对方，是彼此的依靠。即使旅行的定义与世人不同，即使双手触碰不到小鸟们生活的栅栏那边，他们微小的幸福也没有受到任何影响。

　　让每一天都和昨天一样，这是小鸟叔叔最在意的。在同样的时间起床、上班，吃同样内容的午餐，按同样的收音机按钮,说同样的"晚安"。他知道正是这些事才能让哥哥安心。不管多么微小的变化,即便只是三明治的形状从三角形变成了四角形,自行车出了故障,广播节目的播音员换了人,都会成为哥哥的负担。就像小鸟被口罩惊吓到一样,异乎常人的谨慎总是会打乱哥哥的呼吸节奏。在呼吸恢复正常节奏之前,哥哥需要静静地等上很久很久。

其中小鸟叔叔最担心的就是客人的来访。兄弟两人并不希望有人前来拜访,只要院子里有野鸟会来就足够了。

尽管如此,总会有人趁他们不注意时按响玄关的门铃。门铃发出"吱铃吱铃、吱铃吱铃"的声音,让人坐立不安,非常不舒服。

父亲以前的学生总会用一些"正好到这附近来"这样模棱两可的理由,带着蛋糕登门拜访;来往于宾馆的技工会送来一些紧急的文件;以前一次都没见过的远亲前来劝说他们买一些人寿保险。没有一个客人是值得欢迎的。但无论是什么样的客人,哥哥总是十分礼貌。

"欢迎来我家,请随意。"

听到波波语的每一个人都不知所措,他们混乱,畏缩,脑海里各种浮想联翩。有的人露出尴尬的笑容,向小鸟叔叔投来求救的目光;有的人装作没听见,彻底不去看哥哥所处的方位；也有的人会特意反问一句"啊，你说什么"，无论别人问几次，哥哥都会礼貌地回答说："欢迎来我家，请随意。"

幸好每个客人都不会待很久。把要说的事情说完之后，他们就开始坐立不安，连杯茶也不喝很快离开了。只有蛋糕、文件和保险的宣传册，茫然无措地被留了下来。

在玄关送走客人之后，哥哥会立刻开始打扫房间。

"一般都是客人来之前打扫的吧。"

小鸟叔叔笑话他说。

哥哥害羞地点点头，但手上依旧没有停歇，用抹布擦洗起居室的地板。他跪在地上，弓着背，从沙发底下到矮柜里侧，一点都不放过。抹布脏了就用桶里的水洗一遍，用力拧干之后再去擦拭其他地方。他抹得那么认真，都能听见抹布和地板摩擦的声音，就像小鸟整理乱了的巢穴一般勤勤恳恳不停重复。小鸟叔叔既不会劝他随便弄弄，也不会邀请他一起来吃蛋糕，在一边安静地等待着他们的巢穴重新恢复安全。

比起人类，野鸟的到访更受到他们的重视。哥哥将坍塌的别院改造成鸟食台，各种各样的鸟儿开始在那里现身。于是，眺望那里、聆听它们的鸣啭就成了两人每天最愉快的事。不知不觉间，小鸟叔叔已经可以模仿好几种鸟类的叫声：太平鸟、山雀、小星头啄木鸟、黄眉鹀，其中最像的就是喜欢聚集在鸟食台上的绣眼鸟。

"吱啾吱啾吱吱啾吱吱啾吱、啾吱吱啾啾啾吱——"

绣眼鸟有着比玻璃和水,比世间一切都通透的音色。它的歌声是用透明的声音编织成的蕾丝花边,在阳光下仔细观察,甚至能看见花纹的模样。哥哥对所有的鸟类一视同仁,唯独对绣眼鸟的歌声表达出特殊的敬意。一旦它们开始歌唱,他就会停下手上的动作认真倾听到结束。这也可能是因为绣眼鸟和小鸟胸针长得最像的缘故吧。

"吱啾吱啾啾啾……"

连着几天下雨的话,院子里就看不见小鸟的身影,这时候小鸟叔叔会模仿绣眼鸟的叫声来宽慰哥哥。当然,哥哥的耳朵绝对不会听错。他"扑哧"一笑,用细细的声音开始歌唱。不是模仿,那根本就是小鸟的歌声,就是小鸟胸针在歌唱。为了稍稍接近哥哥的水平,小鸟叔叔也拼命练习起来,不经意间发出一两下漂亮的声音。这时,哥哥就会夸奖说:"不错,不错。"

他们保护着自己的巢穴,过着自己的生活。巢穴隐藏在不起眼的枝叶里,大小适中,结构精巧,垫在窝里的稻草非常柔软,只有他们两人生活,不容第三者插足。

中年之后，哥哥的身体越来越频繁地出现问题。尤其是周三不再去青空药店，不再制作小鸟胸针以后，他一个人默默发呆的时间越来越多，容易发烧，容易关节肿痛，一咳嗽起来就停不下来。因为不能走到比幼儿园鸟舍更远的地方，所以也没办法去大医院看病，一般就是在青空药店买些药来吃，或者在附近的私人诊所求医。基本上，这些小病小痛休养两个星期就能治好。

"这次是肚子？"

小鸟叔叔说完症状后，青空药店的店主用手在白大褂上摸了摸自己的胃，问：

"吃饭前痛，还是吃饭后痛？"

"好像都有……准确说来不是痛，是一种很胀的感觉。"

"食欲呢？"

"不太好。"

"那可不行啊。我开点促进胃酸生成、增加食欲的药吧。"

店主熟练地从货架上取下一盒药，用白大褂的袖口拂去上面薄薄的灰尘，放到柜台上。

"就这个吧，片剂比冲剂方便些。"

"那就这个吧。"

"每次饭后三十分钟内一片。"

"好的。"

"你哥哥最近没什么精神吗？"

"倒也不至于。"

"他最近完全不来买糖了呢。"

店主的口气仿佛在说哥哥不来买糖是身体欠佳导致的，看来已经完全忘了小鸟胸针的事。

"呃……"

小鸟叔叔抬头往上看了看。那里既没有药品公司的挂件，也没有小鸟胸针的身影，只剩下大片大片黑漆漆的天花板。

"胃不好的时候，最好还是不要吃甜的了。但要是没食欲头晕的话，吃点糖还是不错的。怎么样，要不要买一根去？"

波波还在原来的地方。从他们还是小孩子的时候开始，它们就一直待在一模一样的广口玻璃瓶中，一层一层地堆积在一起。哥哥不来青空药店以后，还有没有其他客人来买呢？玻璃瓶盖子上的锈迹更严重了，看来很久没有打开过。说来也是，小鸟叔叔从没见过哥哥以外的人舔过这种糖。波波一直都只是为哥哥存在的波波。

小鸟们因为过于漫长的等待都无精打采，翅膀低垂，嘴巴灰暗，眸子也很浑浊。既不能沉睡在地层深处，也无法休憩在谁的胸前，它们就这样失去了自己的容身之处。

"不,算了吧。"

小鸟叔叔慌忙抓起胃药,从波波上挪开视线。

身体不舒服的时候,哥哥就会躺在床上,不吃任何多余的东西,不做任何多余的动作,就那么一直安静地待着。他从未倾诉自己的痛楚,也从未因郁闷而随便发火,更从未说过一句任性的话。有时候,小鸟叔叔甚至忍不住猜测,波波语中是不是没有"痛""没劲""难受""不舒服"这些词。

哥哥蜷缩在毯子里,只有脸露在外面。他有时会闭上眼睛,有时会凝视屋顶,眸子因为发烧更显湿润。小鸟叔叔把手伸进毯子里,摩挲着他的胸口,也不知道这样做是否能让他更舒服一些。

"等下我去削个苹果,一会儿你还得吃药。"

"小鸟的苹果……"

"早上已经给它们换过新的了。"

"斑鸠……"

"很好的,一直在吃白头翁掉下来的碎屑。等下我在鸟食台上撒点牛油和花生。"

"嗯。"

"那个鸟食台真不错。"

"褐头山雀会来,大山雀也会来。"

"真期待。"

"爸爸也会高兴的,他的书斋能够帮上小鸟们。"

"是啊。"

哥哥的房间里,东西少得可怜,全都收拾得整整齐齐。几本鸟类相关的书,少量挂在衣橱里的衣物,插在空罐子里的裁纸刀,小鸟的照片,小鸟叔叔修学旅行时买回来的玻璃镇纸,录有鸟叫声的磁带,白色篮子。视线所及,只有这些。而这些,对哥哥来说也就足够了。

哥哥的胸口很温暖,肋骨凸出,触手却只有暖意,没半点坚硬。摩挲着他的胸口,小鸟叔叔渐渐产生了一种错觉,似乎哥哥的身体正在逐渐缩小。越摩挲越缩小,那一直继续下去的话,哥哥是不是就能变成小鸟被捧在手心呢?最适合哥哥的词——"静止"增加了密度,变得透明,成为结晶,然后,在他的手掌下,结晶变成小鸟的形状。

"今晚吃了药,明早肯定就会好多了。"

"嗯。"

"等你好了,周六就能一起去鸟舍了。"

"嗯。"

哥哥悄无声息地睡着了。他温柔地收起翅膀,十分安详。

天气很冷，院子里立满地冰花，白头翁吃剩下的苹果几乎冻住。就在那天下午，接近傍晚的时候，哥哥五十二年的生命迎来了终结。

早上小鸟叔叔出门时，哥哥看上去和平时没什么两样，甚至可以说更精神些，愉快地踩着地冰花走来走去，打扫了鸟食台。

"我走了。"

"路上小心。"

和平时一样，两人在大门前告了别。因为哥哥害怕任何变化，所以小鸟叔叔的行为动作总是严格遵照既有习惯，那天早上也是。

但不知为什么，下班前当办公室的电话响起时，他还是被一种不祥的预感笼罩，一时犹豫着不敢去接电话。

"哥哥一定出了什么事。"

只有他自己在办公室，小鸟叔叔忍不住说出了声。一瞬间，似乎一切都明了了。所谓"什么事"，就是无法挽回的事；今早的"路上小心"，是哥哥的最后一句话；当他拿起话筒时，就再也回不到从前的自己。所有这些，随着电话铃声清清楚楚传了过来。毫无理由，总之，他就是明白了，就像只有他能理解波波语一样。而他的预感成了现实。

哥哥倒在幼儿园的后门时，被园长老师发现，她立刻叫了救护车送到市里的大学医院。但为时已晚，哥哥因为心脏麻痹已经过世了，似乎是在看鸟舍的时候发作的。

"他靠在栅栏上的姿势和平时不太一样，当时我就觉得有点奇怪。"

园长老师还特意陪着到了医院。对小鸟叔叔表示哀悼之后，她描述了一遍当时的情景。那是小鸟叔叔第一次和园长老师说话。

"他身体的朝向有点……当时我要是马上去问问就好了。"

"啊，没事的。"

"等发现的时候就已经……"

"倒在地上了，是吧？"

"嗯。"

"但是，您怎么知道他是我哥哥呢？"

小鸟叔叔问道。

"当然知道了。"

园长老师几乎立刻回答。

"除了你们两位，没有第三个人会那么喜爱我们园里的小鸟了。"

听着她那么斩钉截铁的口气，小鸟叔叔不知道该说什么。

"很早以前我就知道了,但你们看上去那么专心,所以就没打扰过。"

"是吗……"

小鸟叔叔垂下了头。

"小鸟们……"园长老师继续说道,"鸟舍的小鸟们拼命拍打翅膀,不停地叫,像是通知我们发生了要紧事一样,又像是想把倒在地上的你哥哥叫醒一样。"

哥哥死在了与他最相称的地方,临终时有小鸟围绕,这对他而言想必是无可取代的慰藉,小鸟叔叔想。

白色篮子也一起放进了棺材里。每次都被放在波士顿旅行包最上层、象征着行李收拾完毕的白色篮子,在棺材合上前,也安静地躺在了哥哥的手边。这是哥哥一生最遥远的旅行,当然要带上它。

小鸟叔叔仔细地检查了篮子里的东西,玻璃弹珠、小夹子、小碘酒瓶、卷尺以及波波,这样哥哥就能随心所欲地不断清点了。碘酒几乎已经蒸发完毕,卷尺也收不回去了,但他还是确保它们以正确的朝向放在正确的位置,就像那次和母亲一起三人坐很久的火车去语言学家的研究室一样。

只有波波,是小鸟叔叔在葬礼前去青空药店新买的。周三的购物之行停止以后,波波已经很久没再出现。店主认出他的时候什么也没说，只是默默地打开广口瓶的盖子，从瓶底取出一个波波。

"谢谢您。"

小鸟叔叔低头道谢。店主似乎想说些什么，揉着开了线的袖口嚅动了一下嘴巴，最后还是只用眼神回了一礼。她没有收波波的钱。

这次的波波是小鸟叔叔最喜欢的颜色，也是哥哥第一次做小鸟胸针时选的柠檬黄。店主终于第一次准确地抽出了哥哥想要的颜色，也是最后一次。

失去容身之处，暂时被锁在宾馆储物柜里的九只小鸟胸针终于回到了原来的位置。小鸟叔叔将它们放在母亲和哥哥两个人的照片前。柠檬黄小鸟打头，其他几只紧跟其后，排成整整齐齐的一列。它们安静地守护着两人，到了晚上就一起听广播。

哥哥死去以后，幼儿园栅栏上的凹陷还是在那里，仿佛说：肉体虽然消失，但凝视小鸟时的热情却永不消逝。只要看到那凹陷，小鸟叔叔就能清晰地回忆出哥哥单手抓栅栏，侧着身子，将额头抵在栅栏的背影。下班路过时，他偶尔会按捺不住，停下自行车把自己的身体埋进那个凹陷里去。小鸟们虽然会被自行车的刹车声吓得不停扑腾，但当小鸟叔叔委身于凹陷后，它们很快就会恢复往常的安宁，收起翅膀。哥哥留下的空洞很宽敞，靠着没有半分勉强，非常舒服，甚至可以感受到一丝温暖。那究竟是哥哥残留的体温，还是小鸟身上的热量，小鸟叔叔就不知道了。

"小鸟们很精神哦。"

不知什么时候，园长老师的身影出现在银杏树下。

"啊，不好意思，打扰了。"

措手不及的小鸟叔叔慌忙离开了栅栏。

"没事，您尽管靠着吧。"

园长老师似乎正在锁门，右手拿着一串钥匙，左手插在围裙的口袋里，带着善意的笑容站在那里。已经是日暮时分，员工室里只亮着一盏灯，鞋柜、游戏室、屋顶上黄色的金丝雀标记都被收进薄薄的夜色中。园里早就没了孩子们的身影，小鸟们好像也在准备迎接夜晚的到来。

"您哥哥去世以后，小鸟们也很寂寞。"

抬头望着停在栖木上的十姐妹鸟，园长老师说。

"真的吗？"

"嗯，当然是真的。小鸟们什么都懂的，您应该知道它们有多聪明吧？"

小鸟叔叔点了点头。

"每次您哥哥来这里，小鸟们就会比赛一样地唱起歌来。小孩子刚学会单杠，会很得意地在上面转来转去，想让你表扬他，小鸟们也是一样的。"

十姐妹鸟挤在一起，整理着羽毛，不时发出几下"吱、吱"的短促叫声，但并没有鸣啭。不知道是因为夜幕已经降临，还是发现了眼前的人不是哥哥，没有一只鸟在意他。

"所以，不管是和孩子们捉迷藏，还是拉手风琴，只要您哥哥一来，我就能立刻发现。小鸟们的叫声会变，比平时更加卖力，更加拼命，连口气都不喘的。"

小鸟叔叔也很清楚，它们在哥哥面前的歌声是多么美妙。歌声与波波语合二为一，至今仍然奏响在鼓膜的深处。

"是吗？"

小鸟叔叔低着头，喃喃道。

"要不要进来坐坐？"

园长老师摇了摇手中的钥匙，问道。他后退两步，将手放在车龙头上，正想说"不了，我要回家了"，园长老师已经打开了后门。

小鸟叔叔有些犹豫地走进了幼儿园，这是他第一次走进这个地方。刚走几步，就发现银杏落叶的味道更加浓郁，小鸟们猛地出现在眼前。微弱的灯光照着两人的脚下。

无意间，小鸟叔叔发现鸟舍的墙角放着一个小小的花瓶，在栅栏那侧时正好被饲料箱挡住没看见。花瓶里插着几朵大波斯菊，淡淡的红色轻轻摇摆在昏暗中。

"一点心意，供奉给您哥哥的。"

钥匙再度发出了声响。

仅仅只是一个每天擅自出现凝视小鸟的人，园长老师居然能有这番心意，作为唯一的血亲，小鸟叔叔深知自己应该说一些道谢的话。但只有心跳不断加快，嘴唇依旧冰冷僵硬，终于没能说出一句话来。

十姐妹鸟有的钻进了圆巢，有的在栖木上挤作一团，也不再短促地啼鸣，终于准备入睡。

"小鸟们都是我们的朋友，不要担心。"

小鸟叔叔似乎在对十姐妹鸟说话。

"它们会把哥哥带去天堂的，毕竟小鸟都是会飞的嘛。"

"嗯，您说得对。"

园长老师依旧望着大波斯菊，点了点头。两人的视线没有交集，夜晚的气息公平地包围了他们。

外面马路上人来人往的气息渐渐远去，残留在天空中的晚霞也几乎消散殆尽。

"那个……"

为什么会产生这样的想法,小鸟叔叔自己也没办法解释。但当他回过神来的时候,话已经脱口而出了。

"如果你们同意的话,我想来打扫鸟舍。"

大波斯菊是园长老师的供养,那么,照顾鸟舍就是我的供养。哥哥一生都在凝视这间鸟舍,我要将它的每个角落都打扫得干干净净,用低俯的后背去倾听它们求爱的歌声,只有这样,才能到达离哥哥最近的地方——没来由地,小鸟叔叔这么想。

"啊,那当然,我们也很乐意请您来帮忙。"

园长老师说。

小鸟叔叔的直觉是对的。没过多久,打扫鸟舍这件事就成了他生活的重心。因为哥哥的突然离世,属于两人的各种习惯都无法保持了,诸如午餐的三明治和汤、晚上的广播和虚拟旅行的行李准备。打扫鸟舍正好填补了这块空白。

说实话,幼儿园的标志虽是金丝雀,但对鸟舍的管理却很难说尽如人意。据说老师们轮流照顾鸟舍,其中有些不擅长照顾活物的老师,为了少花点工夫,会一次性加好几天的饲料或者随随便便处理一下粪便。尤其是长假期间,甚至不能及时更换清水。

小鸟叔叔先从清扫用品开始。仓库里的工具都已经不太灵活，用着不顺手，他特地到市里买了好用的刷子、笤帚、掸子、水桶，等等，把它们堆在自行车后座上，上班前运到了幼儿园。水管的接口部分也破了，他从家里拿来多余的管子换上。鸟舍原来的锁十分简易，用钩子一搭就完事，他换了坚固的门闩以防止小鸟逃出去。不管是空罐头做的简陋水槽，被雨打湿后硬邦邦的筑巢材料，还是辅食的追加问题，各种问题都逐渐得到了改善。

"工具费我们会报销的，您拿发票过来吧。"

园长老师不断地替他担心费用问题，但每次小鸟叔叔都搪塞道：

"不用，真的不用了，反正都是家里拿来的。"

费用的确无足轻重。把鸟舍改造为最适宜小鸟们生活的地方，也是对哥哥的一种慰藉。而且，像这样光明正大地进出鸟舍，在最近的地方听到它们的歌声，更是金钱无法替代的喜悦和特权。

"我要怎么感谢您呢……您都不知道，孩子们可高兴啦。"

每当园长老师提起孩子们时，小鸟叔叔都不知道该怎么反应，觉得愧疚。毕竟，这么做其实不是为了孩子们，只是为了哥哥和自己。但他没有勇气吐露自己的真心，只有沉默。

星期六下午和哥哥一起来这里参观的时候，幼儿园里基本上看不见孩子们的身影，那哥哥一个人来的时候是怎样的呢？小鸟叔叔忽然想到这个问题。他会不会被孩子们嘲笑，留下了不好的回忆？如果真是那样，园长老师会不会过来帮忙打圆场？他不曾越过栅栏走到里面去，是不是因为顾虑那些孩子？不管怎样，孩子们带来的喧嚣和小鸟的歌声完全不相容。他的行动范围里有幼儿园鸟舍的一席之地，固然是一次美好的偶然，但也不是非幼儿园不可。被所有人遗忘的公园一角，不知道收藏着什么的博物馆后院，这种地方也许更加适合他。

不管怎么说，小鸟叔叔害怕小孩子却是事实。他们湿润的皮肤以及从皮肤深处传来的过高体温，纠缠在额头上的头发，跌跌撞撞的脚步，毫无意义的喊叫，太小的舌头，一切的一切都是个谜。他们并不明白求爱的意义，只是一群打断并掩盖小鸟歌声的生物。

为了避开孩子们的上学时间，小鸟叔叔都会早起。不过不管他怎么努力，怎么拼命踩脚踏板，到的时候，小鸟们总是已经醒来了。认出小鸟叔叔的身影之后，它们就会朝着他急促的呼吸不断啼叫，张开翅膀从巢穴跳到栖木上，从秋千飞到铁丝网上。

小鸟叔叔特别喜欢踏进鸟舍的瞬间，那时它还没被任何人扰乱过，充斥着交织在夜色中小鸟不成声的呢喃私语。为了不粗暴地打乱这片空气，他小心翼翼地将身体滑进去，看到栅栏上的凹陷清晰地浮现在眼前，明明迈出的只是一步，却比一步遥远得多。

　　他不和小鸟们说话，就连一句"早上好"这样的问候都没有。小鸟们也完全不打算告诉他，夜里发生了什么。不会说波波语的自己不管讲些什么都是没有意义的，小鸟叔叔非常清楚这点，他只需要忠实地履行自己的职责就好。

　　他闷头打扫，铁丝网和木框的接缝、地板的凹槽、饲料箱底、天花板角落、稻草的缝隙，需要打扫的地方实在太多了。不管多么窄小的空间，都落有饲料的谷壳、小鸟的羽毛或者干燥的粪便。水冰冷刺骨，手很快就冻僵了，但小鸟叔叔完全不在意。只要动手去扫，那些长年累月积累的污渍就会一点一点消失不见。孩子和老师都还没有来，小巷里也没有人走过，注视着他的只有小鸟们。

　　饲料箱里重新放满饲料，让人安心；水槽里的水映照在朝阳下，闪闪发光；刷子在带点湿气的地板上画出一道道花纹，清晰可见。就在这时，头顶上一只鸟唱起早晨的第一首歌。

　　小鸟的歌声总是毫无征兆地响起，自然得就像呼吸的延续一样。但从第一个音符就能听出，那绝对是做好充足准备之后才发出的。也或许，在它们嘴巴内部或者羽毛根部之类的某个地方其实藏着微小的前兆，只是没人察觉到。小鸟叔叔的手停顿了一瞬。小鸟唱歌这件事，对他而言再熟悉不过，但此时此刻却让他觉得非常特别。毫无疑问，眼前的这只鸟正向自己传达一个秘密信号，让人不由得静心聆听。

旋律富有激情，节奏轻快，音量饱满，看上去似乎随心所欲，歌声却充满严谨的抑扬与分寸，没有一个音符是随意发出的。刻在五线谱上的音符们交换眼神，连成一串，描绘出一道独特的音轨。它不知道"歌声"这个词，却孕育出歌声：清澈透亮，没有半点败笔。歌声乘着清晨的冷空气盘旋而上，一直缭绕在小鸟叔叔的头顶。

他心想，这只小鸟一定是在传递哥哥的话，所以才会用弱小的身体这样拼尽全力地歌唱。很快，另一只鸟也开始歌唱。紧接着，两只、三只的歌声交织在一起。小鸟叔叔就这么垂着头，一直听着。

六

宾馆的工作几乎一成不变。不知不觉间，小鸟叔叔已经成为最了解这座宾馆的人。玫瑰园发生虫害,漏电引发小火灾,来宾中有一人因为贫血晕倒,虽然发生了几件意料之外的问题,但他总是能够想出最好的解决办法。如何确定害虫的品种,如何记录配电盘的修理详情,急救医院的电话是多少,申请保险费的文件在哪里,就连餐具柜第几层有几个什么样花纹的咖啡杯,他都了如指掌。也只有他了如指掌。关系到宾馆的问题上,所有人都十分依赖他。

有业务往来的几个人对哥哥的不幸表示了哀悼。小鸟叔叔不记得自己曾和任何人讲起过家里的事,但大家都知道他终于孤身一人了。他们的哀悼不像青空药店的波波或是园长老师的大波斯菊那样有深刻的意义,但多多少少也给了一点安慰。

在半地下办公室工作,快到午休时,小鸟叔叔就会忍不住习惯性地看向时钟。时间一定是十一点五十五分。尽管已经没必要担心三明治会不会卖完,也没必要再去面包店买东西,更没必要踩着自行车急匆匆回家,但身体还是会不由自主地焦虑起来。

"啊……"

仿佛终于发现家里已经没有人在等自己回去了,他这才轻叹一声。剩下的五分钟,小鸟叔叔再次坐进椅子里,集中精神继续处理手上的工作。

午餐是在玫瑰园里吃的。走出露台，右手边有一个可以俯视所有玫瑰的凉亭，亭子里摆着一张非常适合休息的长椅。长椅很宽敞，弧度合适，坐上多久都不会感到疲劳。小鸟叔叔的午餐还是从面包店买的，已经没有非买三明治不可的理由了，所以会按照那天的心情，随意买一些热狗、巧克力面包或者汉堡包吃。

小鸟叔叔松开领带，弓着背咬一口面包，再就着盒装的冰牛奶咽下去。坡面平缓，最前面种着各种玫瑰。有的被支柱支撑着，有的颇有气势地开枝散叶，有的则将藤蔓缠绕在了拱门上，阶梯状的散步道将它们有序地切割开来。小鸟叔叔随意地浏览着。因为就在眼前，所以随意浏览。这时，还没有一朵玫瑰盛开。

面包很快就吃完了。小鸟叔叔将纸袋揉成一团拿在手里，保持着同样的姿势又发了一会儿呆。上午园艺师和清洁工人的工作就结束了，今天也没有接待客人的计划，宾馆里只剩下他一个人。朝向露台的玻璃在阳光下闪闪发光，穿过耀眼光芒，可以看见对面的沙发、暖炉和枝形吊灯的身影。二楼微微敞开的窗户中，蕾丝窗帘在微风中拂动。

停车场传来类似灰椋鸟的野鸟叫声，不过天空中并没有它们的身影。

"还是三明治最好吃啊。"

小鸟叔叔自言自语道,接着,将纸袋揉成更小的一团,踩碎了掉在脚边的面包屑。

来回家里的时间节省了下来,午休本可以过得更悠闲,但他还是提前结束了休息时间,回到办公室继续写起文件。

去幼儿园打扫鸟舍以外的时间,小鸟叔叔经常在图书馆里度过。那是一个坐落在文化馆二楼的小小分馆。他借的都是与鸟类有关的书。图册、照片集、科普书自不必提,哪怕和鸟类有一点点关系的,他也会把它们找出来依次阅读。出乎他的意料,书还挺多。既有教导如何拍摄野鸟的摄影指南书,也有一生都在研究变色文鸟如何交配的小学老师的传记,既有研究让灰鹦鹉听懂人话的报告,也有少年骑着天鹅去旅行的童话。孔雀公园的饲养员、关在单人牢房里与文鸟为友的死刑犯、偷猎者、鸽子料理专卖店的大厨、擅长模仿鸟类叫声的口技家……登场人物形形色色,十分精彩。

小鸟叔叔去的时候,馆里的人总是很少。柜台里侧有一个图书管理员,绘本区的圆桌上坐着两三个小孩,书架阴影里若隐若现藏着几个人。天花板很高,日光灯微弱,地板上有好几条裂缝,走上去会发出让人烦躁的声响。朝南的窗户上映出水渠边散步道上的绿植，公告板上张贴着新进图书的介绍，书本背面的分类标签都微微有些泛黄。

不知道从什么时候起，小鸟叔叔站在书架前，浏览书本背面的标签就能立刻找到自己想找的书。想不想读并不重要，重要的是这本书里面得有"鸟"。即使封面上没有鸟，标题和鸟完全不相关，他的眼睛也从不会看漏。隐藏在书本深处的歌声从一页一页纸张的缝隙间渗透出来，他的耳朵捕捉到了它们，无一遗漏。选定一本书抽取出来，翻上几页，定然会出现鸟的身影。它们藏身于纸张之中，进驻这座图书馆以来尚未被任何人看到过，而今，雀跃着在小鸟叔叔的手中张开了翅膀。

"您借的一直都是有关小鸟的书呢。"

有一天，当他把新借的书放在柜台上时，图书管理员忽然说道。小鸟叔叔有些狼狈，手里紧紧攥着借书证，一时不敢看向声音的主人。

"您看，今天借的也是，《描绘在天空中的暗号》。"

图书管理员接过书，读出了标题。

"这本书是讲候鸟的吧？"

这时，小鸟叔叔才第一次看向图书管理员的脸。虽然已经来过很多次，但他从没有留意过图书管理员，也不知道自己和眼前的女性见过多少次了。不过至少，对方是准确地掌握了小鸟叔叔选书的喜好。

"是的……"

没有办法，小鸟叔叔只好点了点头。他从没想过会有人观察自己选的书，有些猝不及防，有些畏惧。

"不好意思，我也不会仔细观察每个读者借的书的。"

似乎看出了小鸟叔叔的慌张，她说。

"只是，几乎不会有人像您这样雷打不动，怎么说呢，就是您非常突出。"

她摸了摸《描绘在天空中的暗号》的书皮，微微抬眼，露出有些羞涩的微笑。

出乎意料，那是一个很年轻的女孩，甚至可以说太小。圆鼓鼓的脸颊上还残留着孩子的天真，随手卷起的工作制服袖口露出了白嫩的手腕。

"坐在这里，就很容易关注读者们会借些什么书。有个很有派头的老绅士借了《爱丽丝梦游仙境中的点心大辞典》，还有个上小学的男孩已经通读了希腊哲学系列。新书到的时候，我就会想象着谁会喜欢这本书，它又适合谁。预测对了，就感觉自己做了好事一样。然后某一次，我发现您借的书都是和鸟类有关的。"

她的口气仿佛在说，这是一个非常了不起的发现。小鸟叔叔只好含糊地用"嗯""是啊"这样的词,敷衍过去。

"我一直很想知道这个鸟类规律会持续到什么时候呢。"

图书管理员一边说,一边从小鸟叔叔手上接过借书证,在笔记本上记下书名、书号和读者编号。字迹很是工整秀气。

"您借的书,有些乍一看好像跟鸟类没有关系,那时候我就会担心。等书还过来,悄悄翻看里面的内容,寻找'鸟'的部分。找到了,就放心了。"

与稚气的外表相反,她的声音里有着不会扰乱周围安静氛围的沉稳。绘本区的孩子们不知什么时候已经离开,其他人都被书架挡住了身影。她一直没有把那本《描绘在天空中的暗号》递给自己,小鸟叔叔也只好继续站在柜台前。

"但是,今天好像没必要担心呢,这本书明显是讲候鸟的。"

她终于把借书证放在书的上面,递给了他。小鸟叔叔还是不知道该怎么反应,只好默默地接了过来。

"我说,小鸟叔叔。"

图书管理员的嘴角洋溢着真诚的笑容,仿佛在说:因为你是小鸟叔叔,所以我就叫你小鸟叔叔啊。小鸟叔叔不禁轻轻地"咦"了一声。

"幼儿园的孩子都这么叫的吧?"

他轻轻点了点头，将图书证插进裤袋里，把书夹在了胳肢窝里。

"还书日期是两周后哦。"

图书管理员的声音从身后传来，小鸟叔叔背对着她，走出了图书馆。

回家时，路过青空药店——它周日休息——无意间透过门口白色窗帘的缝隙向里面看了一眼，发现波波不见了。小鸟叔叔停下自行车，重新看了一遍。果然，哪里都没有装着波波的广口玻璃瓶。原本收银机旁边的位置，放着预防口臭的口香糖。

只是少了波波，这个地方和自己熟识的青空药店就有了区别，陌生得仿佛不是同一个地方。上一代店主死了，天花板上的装饰物和小鸟胸针也无影无踪了，到最后也没能变成小鸟胸针的波波们，等待许久，终是被抛弃了。

这正好证明哥哥的确是被波波特别选中的人，小鸟叔叔告诉自己。哥哥死了，所以广口玻璃瓶才被撤走。唯一有权从里面选择波波的人，是哥哥。把栖息在药店一角的小鸟们解救出来的，是哥哥。知道这个解救方法的，是哥哥。

小鸟叔叔再次骑上自行车，加快回家的速度。耳边回响起金属扣"啪嚓"扣上的声音，那是入殓时他把柠檬黄波波放进了白色篮子里。眼前浮现出哥哥颤抖着不停扣上、打开金属扣的手指，那是去语言学家研究室的火车上，当时母亲一直在旁边默默注视着。金属扣的声音，比棺材盖合上时的声音更加准确地说明了哥哥的死亡。

自行车的篮子里，放着刚刚借来的书，咔咔作响。

"还书日期是两周后哦。"

用力踩一下脚踏板，小鸟叔叔重复了一遍。声音消失在书页翻飞声和风声中，图书管理员的声音反而更清晰地回荡在他的耳边。想再听一下那声音，他更用力地踩起脚踏板。

坐在凉亭长椅上，小鸟叔叔把《描绘在天空中的暗号》放在膝盖上，想象着那些候鸟，它们遵循人类无法理解的秘密指引飞翔在天空中。它们的目的地，是不管怎样精心准备也无法到达的地方。尽管如此，却依然毫不犹豫地飞行，没有任何不满，失去生命也在所不惜。

他抬头望向天空。玫瑰园上方的苍穹中，只有两三朵白云舒卷在西风中，没有一只鸟的身姿。

"真是本好书。"

小鸟叔叔抚摸着封面，喃喃道。他的话全部散落在了地上，没有人听见，和面包屑一起。

那些候鸟的眼睛非常黑，一直黑到眼底深处，这是为了不看到任何多余的东西。那么映射在漆黑眼睛里的星座是怎样的形状呢，那些作为它们方向指南的星座？小鸟叔叔恳切地希望能够知晓，他总觉得循着那些形状应该就可以抵达哥哥的小岛。只有自己可以操纵的船和桨已经离开了，被洋流吞噬，消失不见了。如果现在还有一条通往小岛的路，那一定是在空中。只有小鸟们知道那条路该怎么走，只有小鸟们可以解开暗号。

小鸟叔叔再次仰望天空。天气晴朗，但远方山脊还是笼罩在薄雾中，看来是到过冬的候鸟们准备回归的季节了。玫瑰园里，花蕾也一天天多了起来。

《描绘在天空中的暗号》中最让他惊讶的是：候鸟们结束迁徙终于平安抵达目的地——湿地、湖泊或者森林时，其实已经非常疲劳。它们几乎耗光了所有的精力，严重营养不足和体力透支，处于濒死状态。甚至会有捕猎者专门向这些候鸟下手。长期迁徙导致疲劳，本来是一件很正常的事情，但不知为什么，小鸟叔叔的脑海里一直出现小鸟们筋疲力尽的身影，久久挥散不去。不管是幼儿园鸟舍里的小鸟，还是院子里的野鸟，他从没见过筋疲力尽的鸟。前者总是连示弱的机会都不给，就突然死去。所以他总以为它们是可以随时从不知什么地方汲取能量，永远翱翔在空中的生物。

哥哥应该是很熟悉筋疲力尽的小鸟。比如，身体不好睡不着觉的时候，他可能会想起那些在泥沼草丛中休息调整的候鸟。他可能会为那些到达目的地的候鸟祈祷，它们好不容易结束迁徙却连歇一口气的时间都没有，为了尽快恢复体力，调整剧烈的呼吸，简单处理受伤的翅膀，赶紧又上路去寻找食物。当然同时，他也会为终于完成的伟大迁徙献上尊敬之情。

小鸟叔叔翻开书，将眼前看到的几行字大声读了几遍。他觉得，这样出声的读法能更好地表现出对它们的敬意。渡鸦、金翅雀、虎头海雕、北红尾鸲。书中还登着几张照片。

"……长久以来，人们都认为候鸟迁徙只是遵循本能，与技术和智慧无关。但事实证明完全不是这样。无论看上去多轻松，迁徙都是一件极为困难的行为。太阳的位置、星座、陆地上的标识、风向、磁场，它们需要分析所有的信息才能找到正确的前进方向。它们一直在思考……"

这是一本很有些年头的书，看上去没有太多人借阅过。明明讲的是候鸟，书籍本身却只能长期停留在同一个地方，几乎处于假死状态，就这样被人遗忘。小鸟叔叔借的大都是这样的书。为了不惊扰那些候鸟，他温柔地翻动书页。

不知从什么时候起,小鸟叔叔觉得哥哥似乎就是一只筋疲力尽的候鸟。他编织的语言与候鸟前进的方向是一样的。没有人知道它为什么会前往那个方向,会成为何种形态,会通往何处。一旦起程,就无法停止。即使是小鸟叔叔,也不能使其停止。

午休时间即将结束,还是没有小鸟的身影。小鸟叔叔继续朗读下面的文章,声音徒然地飘浮在空气中。

"您好,还一下书。"

"啊,您好呀,小鸟叔叔。"

前往图书馆的路上,小鸟叔叔一直告诫自己:她上次和我说话只是随兴所至,今天一定会装作不认识的。但图书管理员的态度却十分自然,他始料未及,窘迫地说不出话来。

"怎么样,这本书?"

"呃,怎么说呢……就是一本还蛮有深意的书。"

不敢看向图书管理员的眼睛,他望着她的手腕回答道。

"真好。"

在借书证和笔记本盖上还书章,她把《描绘在天空中的暗号》放进柜台一角专用的盒子里。动作轻柔,甚至透着点慈爱。当她的手指碰到书本的瞬间,那些筋疲力尽的候鸟们似乎得到了一丝慰藉,这让小鸟叔叔有些愉悦。

"然后,这次我想借这本……"

小鸟叔叔把这次要借的书放到柜台上。这是他借过的最厚的一本,装帧非常精美,讲的是专门制造、销售鸟笼的公司——咪棨商会的公司发展史。

"对不起。"

图书管理员道歉说。

"这本书不能借给您。"

"咦?"

"这本书是禁止外借的……"

仔细一看,封底的确贴着一张禁止外借的专用红色标签。

"不过您可以在图书馆中阅览啊。"

图书管理员微笑着说。

"啊……是这样啊。"

小鸟叔叔想回应她的微笑,却只能一如既往地低着头。

"这本书也选得很好呢。"

她把《咪棨商会八十年发展史》竖在柜台上,一边抚摸着书本轮廓一边说。

"居然会挑中企业发展史,真是出乎我的意料,没想到。"

与两周前一样,她穿着朴素的工作制服,浑身上下透露着天真、纯粹和无邪。

"其实我有时偷偷猜,您下一次会借哪本书。"

"什么?"

"真的,当然,我只是一个人偷偷在心里想而已。比如这本书里藏着鸟,小鸟叔叔会不会发现呢?下周来的时候,会不会就借这本书呢?类似这样。困扰到您了吗?"

"没有的事。"

他慌忙摇了摇头。

"那真是太好了,我一个人随便乱想着好玩的,请您千万不要介意哦!"

当然,这不会困扰到我的,请自由想象吧,我并不介意。小鸟叔叔在心中喃喃自语。

"但我完全没有想到企业发展史这一类上。咪棣商会的'咪棣',是取自《青鸟》里的'棣棣和咪棣'吧,我真是大意了。真不愧是小鸟叔叔啊!"

尽管没有猜中,但她似乎并不在意,反而显得非常高兴,哗哗地翻起《咪棣商会八十年发展史》,感叹般地轻声"呵"了一声。这本书躺在她纤细白皙的手指上,显得更加厚重了几分。

小鸟叔叔不是很明白,为什么自己会被别人称赞说"不愧是"。虽然不明白，喜悦之情却是无法抑制的。

"世界上竟然有这么多和鸟类有关的书，真是太让人吃惊了……原来，鸟儿们隐藏在很多我没有察觉到的地方，就像它们在我看不见的高空中飞翔一样。"

从企业史上抬起眼，她看向窗外。那里只能看见散步道两侧的绿色，天空在更加遥远的地方。

"过完冬的鸟儿们，终于要开始起程了。"

他说。

"……随着荷尔蒙分泌的变化，鸟类迁徙的欲望会越来越强烈。确定好飞行的方向以后，它们就会离开熟悉的土地。为什么要进行这样漫长又危险的旅行？它们从来不会产生这样的疑问，也从来不会感到不公。它们只是忠实地听从了内心的声音而已……"

他背出早已烂熟于心的《描绘在天空中的暗号》中的一段。书架间的几个读者露出惊讶的表情，向柜台这边看了过来。毫无疑问，眼前的图书管理员一定听到了他的声音。

她点了点头，再次露出微笑，将《咪梿商会八十年发展史》递给了他。

"空着的座位都可以随意使用。"

面对窗户的房间一角，摆着几张桌椅。只有一个孩子在阅读绘本,没有其他人的身影。

"谢谢。"

他接过书。

"请随意,小鸟叔叔。"

是啊,我是小鸟叔叔,他忽然想道。平时幼儿园的孩子也这样称呼他,他总觉得有些为难,但这个名字从她口中说出的时候,似乎就成了专门赐予自己的特殊标记。左胸上,仿佛戴上了一个闪闪发光的名牌一样。

不知什么时候后面排了个人准备还书,他总算从柜台前走开了。

"那个,波波……有棍子的糖果在哪?"

隔周周三,下班回家的小鸟叔叔走进了青空药店。

"啊,那个现在停产了。"

店主若无其事地说。早就猜到了这样的答案,因此也没有感到多大的失落。说到底,自己走进青空药店,其实只是想确认波波是不是真的已经不在那了。

"最近好像不流行了呢,那种糖果。"

之前放广口玻璃瓶的位置上有些发黑的印迹,毕竟放了那么久。取而代之的是预防口臭的口香糖,陈列在毫无特征的架子上，远没有广口玻璃瓶那样的存在感。柜台上弥漫着令人昏昏欲睡的气息。

"味道不是很好，包装纸也有点太土了。"

店主拨弄着白大褂开了线的袖口，嘀咕道。

难道你已经忘了吗？每周三，哥哥都会来买波波，哥哥用不起眼的包装纸做成漂亮的小鸟胸针送给你，难道你都忘了吗？

小鸟叔叔看了看天花板，又用手指抚摸广口玻璃瓶遗留下的黑色痕迹。不知不觉，店主已是半老徐娘，和杂货店时期的前店主基本没什么区别了。仔细算算，的确，从兄弟两人第一次来这家店起已经过去了四十多年。

"那，剩下的糖果怎么处理的呢？"

"当然是扔了，连同瓶子一起。公司那边说，继续销售已经停产的商品会有些麻烦。"

小鸟叔叔想象着波波们被装进黑色垃圾袋，埋没在残羹剩饭中，又被塞进垃圾回收车里的模样。想象着它们的棍子被折断，糖果变成碎片，没有剩下一丝甜香就这样消失不见的场景。他为那些无法成为胸针的可怜小鸟们祈福，庆幸自己当时早早地把小鸟胸针们从青空药店救了出来。

"明白了，那我先走了。"

他本来还想买些治疗肩膀酸胀的膏药,最终什么都没买,就这样离开了青空药店。

那天晚上,收音机里朗读了一篇小说,讲的是上个世纪欧洲某个遥远国家的故事。不管过多久,小鸟叔叔都不能习惯没有哥哥的夜晚。他努力模仿哥哥的样子,全神贯注地倾听收音机里的声音,却总是想不起"全神贯注"应该是什么样,时不时地看向哥哥曾经总坐的沙发。

哥哥只存在于矮柜上面的照片中。倚靠着母亲的照片,他带着腼腆却又耀眼的笑容看向这边。这张照片是在院子里拍的,当时哥哥刚为虚拟旅行把所有的行李都塞进旅行包,松了一口气走到院子里。是哪次旅行呢?邮轮环海之旅?喀斯特溶洞钟乳石观光?记忆有些模糊,小鸟叔叔想不起来了。照片前面整整齐齐地摆着九只小鸟胸针,柠檬黄打头,其余几只依次排列在后。

收音机里的朗读比小鸟叔叔的背诵要声情并茂得多。抑扬顿挫,充满张力,让人身临其境。正读到贵族夫人陷入不可告人的恋情中,让侍女将写好的信交给情人时的场景。为了避免信件被第三者知晓,信上的文字是用暗号写成的,只有他们两人可以看懂的暗号。

小鸟叔叔不禁想,这个世界上根本不会存在比鸟儿在天空中描绘的轨迹、比哥哥讲述的波波语更加绝对的暗号了。为了满足邪恶欲望而苦苦编织出的暗号，一定很快就会被解开。果然，按捺不住好奇心的侍女打开了信件，将里面的文字记录在石板上，开始了破译。

小鸟叔叔想起了站在柜台里面，安静聆听他背诵的图书管理员的身影。那时，她眺望窗外，就仿佛看到小鸟受到自己声音的指引，从空中飞过一般。自己只是将候鸟那本书中的内容原封不动地背了一遍而已，剩下的时间几乎都是她一个人在说话，但不可思议地，小鸟叔叔却觉得两人之间谈了很久。她说话的方式让人相信，那些洋溢在胸口无法很好表达的话语，她都是可以感知到的。就像一直以来哥哥和自己的对话一样。

她整理图书，清点读者归还的书并将它们一一放回书架，又将主馆送来的书一一做好分类。有些书放在读者根本看不到的地方，但她也是自然轻柔地对待。她关心每一本书，平等地对待每一本书。这时，她停下了手。书名？封面的图案？封底的触感？纸张发黄的程度？总之，有什么东西吸引了她，让她停下了手。她看了看目录，快速浏览前言，又翻了几页，接着，在书本的某个角落里找到了那只正用谁也听不见的声音歌唱的小鸟。小鸟没有任何特殊装饰，非常谦恭，却有着让人心驰神往的美丽歌声。她屏住呼吸，侧耳倾听，嘴角扬起淡淡的笑意。

"快让小鸟叔叔找到你吧。"

她轻声说,为了不打断它的歌声,轻柔地合上了书。之后,她一直在柜台里面等待着小鸟叔叔来借这本书。

图书管理员与小鸟叔叔之间连接着一条秘密的航线,指引这条航路的只有小鸟。只有小鸟,可以解开两人定下的暗号。

小鸟叔叔调低收音机的音量,但朗读者的声音还是很清晰。每天,侍女做完自己的工作后深夜回到阁楼的房间,开始努力破解石板上的暗号。此时,夫人和青年已经陷入不可自拔的境地。某天晚上,侍女终于找到关键数字,成功破译了信件。信件上那些充满诱惑的文字让她既感到生气,又兴奋不已。当夫人再次将信件交给她时,她将写着幽会地点的部分改动了一点点。只是非常微小的改动,只是多加了一笔而已,这个恶作剧,却给青年带来了灭顶之灾……

这时,背景音乐逐渐加大,朗读者的声音缥缈起来,收音机里传来了"欲知后事如何,下周三同一时间请继续收听"的告知。

为了不让自己和图书管理员间的暗号被邪恶的破译者打乱,他狠狠地关上了收音机的开关。

七

从那之后每周周日一大早,小鸟叔叔打扫完鸟舍后,就去图书馆阅读《咪棣商会八十年发展史》。走上楼梯,穿过放着伞架和烟灰缸的狭窄拐角,走进自动门,左拐就是柜台。

"早上好,小鸟叔叔。"

不管他走得多么安静而缓慢,她都会发现并问好。

"啊,你好……"

小鸟叔叔的回答总是非常小声,小到他自己也听不清楚。

企业发展史的区域位于书架最北端,在最不起眼的角落里,和风土历史、词典及各种手册摆在一起。每次走向那里,小鸟叔叔都会有些小小担心,想着万一有其他人也在阅读《咪棣商会八十年发展史》怎么办,但它一直都在同一个地方。

小鸟叔叔已经非常清楚阅览室中哪把椅子坐起来最舒服。所谓的最舒服,指的是当他想正常读书时,椅子正好可以挡住他的整个身体;当他想看图书管理员时,稍微歪一歪脑袋不用太费劲,就可以从书架中间看到。

坐进那把椅子里,他开始读起《咪棣商会八十年发展史》。没想到居然还挺有趣。翻开封面,第一页上写着这样的卷首语:"鸟笼,并不是为了禁锢小鸟而存在,是为了给予它们相称的小小的自由而存在。"

商会创始人原本是做竹木工艺品的工匠,他将小小的鸟笼店做成一家公司。到了孙子这辈,经营范围包括了从家庭用鸟笼到动物园里的巨大笼子。这本发展史先刊登了一系列照片表现企业变迁的大致轨迹,比如鸟笼店时代的店铺照片、咪梀商会最早的办公室、工厂的揭牌仪式、员工旅行、销售产品、现在总部的办公大楼和历代社长的肖像画,等等,之后再按照年份详细介绍了公司的历史。

其实小鸟叔叔并不是很了解"公司"这个概念。联想到自己的父亲是劳动法专家,就有点讽刺了。他虽然也隶属于一家金属加工公司,公司给他发工资,但实际工作时就像被隔离在一个远离大陆的孤岛上一样。企业发展史中讲到的竞争、开发、利益和发展,都与他无缘。可以说,别人对他的要求仅限于延续和安定。从这个角度来讲,这本书就更新奇了。

从照片说明到每一行脚注,小鸟叔叔都读得非常仔细,没有必要着急。将《咪梀商会八十年发展史》捧在手上的那一刻起,就已经有了坐在那里的充分理由。图书管理员说了,这是禁止外借的书,必须在馆内阅读。

眼睛累了,他就摘下老花镜,望向窗外小道两旁的绿色,再瞄一眼柜台的方向。周日的图书馆，除了几个带着孩子的读者稍微显眼些外，基本上还是与平时一样沉稳。但图书管理员看着却有些繁忙。即使柜台前面没站着人，她也在写些什么东西或者往哪里打电话，有时候还会去地下书库。从书架缝隙间，只能看到她的部分身影，但小鸟叔叔非常清楚此时此刻她在做些什么。

企业史的每一章开头都配上了鸟类的插画，有绣眼鸟、琉璃鸟、七彩文鸟和云雀。每当进入新的篇章时，首先看到的都是振翅欲飞的它们。它们之后，才是一个新的时代。创始人坚持匠人精神，对品质绝不妥协，与计划在工厂进行大规模量产的儿子——也就是副社长在这点上产生分歧，展开了旷日持久的对立。最终，创始人在一次竹木工艺品协会组织的犒赏旅行时摔倒在浴场，一命呜呼。儿子接位之后，公司开始逐渐壮大，这时战争开始了。公司和工厂被大火烧尽，顾客们养的小鸟也都死了。过了很久，人们才重新拾起饲养小鸟的念头。简单来讲，咪棣商会的历史就是在不断重复各种困难。

阅读室里不时有高中生、老年人和中年妇女坐下读书，没有一个人像小鸟叔叔这样入神，没有一个人在意小鸟叔叔读的是什么书，过不了多久也就离开了。其间，时不时地可以听到图书管理员说话的声音："好的，可以的。""我去问问主馆。"

"在您前面第三排，比较中间的位置。"她的声音穿过书籍们构筑的阴影，到达小鸟叔叔所在的地方。只有她，知道他在读什么。

拯救咪棣商会于水火之中的，是一种使用防锈防臭材料制成的新产品，是创始人执着于品质的理念带来的技术成果。商会立刻成为家庭用鸟笼顶级制造商，同时，还把那些传承自创始人精湛技术的鸟笼工艺品出口到了国外。其间，又面临了侵吞公款和工伤死亡事件，应付了山寨品的出现和竞争对手的崛起。一个困难就是一个新的篇章，这时鸟儿就会出现，它唱响更加高亢的歌声，开拓出一片新的领域。

柜台前面，抱着书的人排起了长队，图书管理员没有丝毫焦虑，自然熟练地办理手续。

"还书日期，是两周后哦。"

"砰"的一声清脆盖章声后，小鸟叔叔听见她说。对方似乎是一对借了很多绘本的母子。母亲专注地把绘本往手提袋里装，显然根本没有仔细听她说的话。

"还书日期，是两周后哦。"

小鸟叔叔悄悄地重复了一遍她所说的话，小心翼翼地不让周围的人察觉。这声音和《描绘在天空中的暗号》装在自行车篮子里发出的咔咔声一样传进耳朵里，他只在自己的心中重温了她的那一句话。

"还书日期,是两周后哦。"

下一位读者,再下一位读者,她毫不吝啬地对每一位读者说着同样的话。小鸟叔叔非常清楚这只是极为普通的工作用语,但心里还是产生了一种难以名状的情绪,仿佛她正将一件只属于自己的护身符随便地拿给了很多人。

他将一张波波的包装纸代替书签放在正在读的页面上,合上了书。哥哥的房间里散落着很多张波波的包装纸,那段时间他正在做小鸟胸针,不过最终没有做成,徒留了很多包装纸,这就是其中一张。小鸟叔叔也知道在禁止外借的书里夹进私人物品是不对的,可这是咪棣商会的企业史,夹的是波波的包装纸,应该是可以原谅的。包装纸已经彻底干燥,褪去了颜色,没有了甜美的香味。但没关系,波波上的小鸟依然极为自然地融入咪棣商会的鸟儿中间。

"是小鸟叔叔!"

就在这时,一个寻常尖锐的声音响彻房间。

"小鸟叔叔,您怎么了?为什么在这里?"

一个小男孩甩开了母亲的手,飞快地朝着阅览室跑来。

"您在看什么书?也给我瞧瞧呗!"

这应该是幼儿园的学生,但他记不清,也不知道叫什么名字。但小男孩显然很兴奋,能在与平时不同的地点看见熟人,连着喊了好几次他的名字。

"图书馆里也有鸟舍吗?您是来打扫它的吗?是不是啊,小鸟叔叔?"

小男孩毫不见外地抓住他的手,热情地靠了上去。过于灼热的呼吸喷在小鸟叔叔的脸颊上。

"在图书馆里请小声说话哦。"

不知什么时候,图书管理员站在了旁边。她一只手插在工作制服的口袋里,一只手抚摸着小男孩的脑袋,微笑着说。

"好!"

小男孩大声回答,爽快地放开了小鸟叔叔的手,回到了母亲身边。小鸟叔叔一时恍惚,不知道刚才灼热的呼吸究竟是来自小男孩还是图书管理员,混乱之下慌忙站了起来将企业史的书放回书架上,头也不回地就这么离开了图书馆。那感觉,似乎就像自己挨了骂一样。

小鸟叔叔花了很长时间,才终于将《咪棣商会八十年发展史》读完了。周日上午一直到下午,他一直坐在阅览室的同一个位子,成了一道熟悉的风景。对他而言,每周做一样的事情是他喜欢的,也是擅长的,就像过去他总是在周三陪着哥哥去买波波一样。

只有一次,柜台里面坐的不是那个图书管理员,而是一个无精打采的四五十岁的男子。当时,小鸟叔叔非常狼狈。相同的周日在相同的椅子上读着相同的书,这无法取代的习惯一旦少了那个图书管理员的陪伴,立刻就毫无意义。

"一直在这里的那个人,她怎么了?"

他罕见地主动向陌生人开了口。

"一直在这里的?"

男子抬起头,不耐烦地反问道。

"一个年轻的女孩子,短头发,穿着工作服的……"

他想仔细描述一下她,但浮现在脑海里的却只有这些极为平凡的词汇。

"我们是轮班的,所以经常会有变化。"

男子的口气似乎不认为这是什么大事。

要是她再也不回来了那该怎么办?小鸟叔叔感到坐立不安,那天的书也几乎完全没有读进去。男子对待书本很冷漠,也不会说"还书日期,是两周后哦"。相反,他根本是威胁大家:"不要忘了还书日期。"

下一周再看到图书管理员的时候,他终于松了一口气。图书管理员看起来非常自然,仿佛这一周的空白根本没有存在过一样。小鸟叔叔终于可以再次全神贯注地进入咪棳商会的世界了。

第三代社长上任以后，咪棳商会也没有停下挑战的步伐。他们开始销售一些小鸟用游乐道具，比如秋千、梯子、镜子，等等，开始制造大学里动物实验用的笼子，新开发了预防疾病的混合维生素饲料。同时，他们还积极地加入保护野鸟的志愿活动，在山岭里安置了圆巢和饲料台。

企业史不仅介绍了主要事业的变迁历程，还记载了许多各式各样的逸闻，比如：社内俱乐部的活动，研修旅行的回忆，疗养设施的说明，食堂菜单的变迁；资材部一位系长在回家路上抓住一抢包罪犯，警察送来感谢信；第二工厂的施工现场发掘出了旧石器时代的遗迹；会计部部长的女儿被选中，成为了"环球小姐"。每一篇都洋溢着与小鸟用品公司相称的、细微却让人心头温暖的喜悦之情。

抬头望去，图书管理员正好推着一辆装满书的手推车行走在书架之间。手推车的轮子轧在油毡布地板上，发出"吱扭吱扭"的声音。走到目标书架前，她就停下脚步取出一本书，再次确认分类编号，将它放回应待的位置。于是，这本书立刻回想起以前待在那里的感受，很快和周围的其他书本融为一体，安心地待在那个属于它的缝隙里。她就这样不停地重复同样的动作。除了轮子以外，没有别的什么声音。从第一排到第二排，从第二排到第三排，手推车逐渐靠近小鸟叔叔的位置。

小鸟叔叔努力装出正在看书的样子，却还是忍不住想要偷偷看她。纸张的味道弥漫在昏暗之中，小鸟叔叔的视线根本无法从她认真确认编号，认真比对书架和书的侧脸上移开。阅览室里没有其他人，柜台旁边也是静悄悄的。

小鸟叔叔抚摸着波波的包装纸。夹在书页之间的那张，褶皱已经彻底压平，变得十分柔软。

终于，手推车从小鸟叔叔的身边走过了。她轻轻点了点头，小鸟叔叔感受到她推车的手臂更用力了，那是避免轮子发出过多的响声打扰他的阅读。

那本厚厚的企业发展史的书中，小鸟叔叔最感兴趣的是"在职员工死亡追悼录"。这部分的内容记载在年表最后几页中。读到这里时，他已经觉得年表中发生的各种事情均与自己有关，从交给动物园的第一个笼子的大小，到治疗脱毛症的饲料的配方比例，再到历任社长的在职年数，几乎都能背出来。也正是因为如此，他无法觉得那些员工都是无关紧要的人，无法无视他们的死亡。

姓名，入社年份，过世日期以及可以体现为人性格和工作态度的小故事，仅仅只是这样简单的记载，却足以让一个素未谋面的人在短时间内栩栩如生起来。四十三、五十九、三十四、四十八……都还没到退休的年纪，都很年轻。有的人一直在设计部门工作，不看照片也可以画出一百种不同的鸟。有的人在销售部工作，有次大学研究室里实验用的鹦鹉死后，他得到一根羽毛作为纪念并一直放在交通卡的卡套里。有的人在公司的定期体检中查出疾病，与病魔抗争之后终于还是过世。有的人无故缺勤，上司觉得奇怪，上门一看发现已经在家猝死。正在开发的项目，三个月后就要举行的结婚，三个分别十七、十四、九岁的儿子，他们留下了各种各样的遗憾，去了另一个世界。

仿佛阅读墓志铭一样，小鸟叔叔花了很多时间，一行一行地仔细阅读。仅仅因为与小鸟有着某种程度上的关联，这份"追悼录"对他就有了特殊的意义。他想，这些人升天的时候，是不是会有歌声特别优美的小鸟来带路？如果是的话，哥哥一定能和他们成为伙伴。

"能听懂并一直侧耳倾听小鸟的语言，他一直在鼓励和安慰小鸟（享年五十二岁）。"

小鸟叔叔在心里为"追悼录"加上了这样一句话，将波波的包装纸夹在最后一页，合上了企业史。

"读完了。"

"什么？"

"我读完了。"

"啊，是吗？"

"花了很长时间。"

"禁止外借的书不用盖还书章的。"

"啊，这样。"

"对的。"

站在柜台里面的她，拿着细长的橡胶印章对好日期，微笑着说道。既不需要归还也不需要盖章，那自己为什么站在柜台前呢？直到此时小鸟叔叔才想起问自己，但眼下已经没有退路，他只好继续站在她的面前。

"读下来感觉怎么样呀？"

"很好的一本书，有很多小鸟。"

"那可真是太好了，您看上去读得很认真呢。"

"是吗？"

"是的，哪个读者看哪本书有多认真，图书管理员是看得出来的。"

"这样。"

"我很喜欢看着别人读书，比自己去读更喜欢。"

"……那，图书管理员这个工作还真是很适合你啊。"

她没有回答，有些害羞地低下头，在手边的便笺上"砰"地盖上了一个印。

太阳已经西沉，窗玻璃和散步道两侧的绿也都染上了夕阳的霞光。刚才还在书架阴影里的人不见了，不知不觉间，这里只剩下图书管理员和小鸟叔叔两个人。两人沉默了片刻，凝视着便笺上印章的日期。

"人读书时，不会说多余的话，就那么一直静止在那里……"

她仍旧低着头。能够从她口中听到"静止"这个词，让小鸟叔叔感到非常高兴，几乎就要微笑起来，赶紧将视线转向了刚才一直坐着的阅览室的那把椅子——让她发现可不好。那里已经没有人影，静悄悄的。《咪棣商会八十年发展史》最后一页中夹着一张波波包装纸，但也没有留下他曾经读过的任何痕迹，默默地待在书架最下方的角落里。

"小鸟虽然不会读书……"小鸟叔叔说，"但有时候，它们会安静思考。"

"是吗？"

"是的，在栖木上，在圆巢里，歪着脑袋，安静思考。"

其实，小鸟叔叔想说的是哥哥。哥哥一直安静地凝视着小鸟，甚至在栅栏上留下了印记，他和读书的人一样都在认真思考。小鸟叔叔想这么说，却找不到合适的语言。

"为什么您对小鸟会那么了解呢？"

她总是问得那么直率。

"您一直读有关小鸟的书，是有什么原因吗？"

也总是让人不知如何回答。

"呃，这个……"

"您从事的一定是和鸟类有关的工作吧？所以才会那么擅长照顾幼儿园的小鸟。"

"没有的事。"

小鸟叔叔慌忙否定。

"过桥以后在卫生会馆后面左拐，不是有一幢种着玫瑰的老房子吗？我是那里的管理人。"

"啊！"

她发出一声惊呼。

"我从小就想进去看看，一次就行，但是只能从大门的门缝里看到一点点的玫瑰和砖头砌的烟囱。里面一定很浪漫吧，就像'秘密花园'一样？"

"要是你想的话，我可以带你进去转转。"

小鸟叔叔没有多想,脱口而出说道。

"真的吗?"

"是的,这周的话随时都可以。"

"啊,我真是太高兴了!"

小鸟叔叔终于直视了她。领口边上翘着几缕头发,通透白皙的脸颊,沾上墨汁的指尖,都被温暖的夕阳包围着。虽然小鸟叔叔并不明白自己做了什么让她这么开心,但现在,就在他的眼前,这个女孩真真切切地笑得非常开心。

"你来的时候按一下后门的门铃,我会马上去接。"

"那我在图书馆闭馆的那天去可以吗?"

"当然可以。"

小鸟叔叔点了点头。闭馆日是周三。

"您好。"

图书管理员如约出现在宾馆的后门口。她穿着与工作制服几乎没什么区别的素净的淡蓝色衬衫,下身穿着一条棉质 A 字裙,光脚穿着凉鞋。一辆自行车停在身边,脸上有一层薄薄的汗珠,看上去喘息尚未平息。

"请进吧。"

小鸟叔叔请她进来。

站在阳光下的图书管理员比站在柜台里的更加鲜活,看上去很亲切。门铃按响之前,小鸟叔叔还在担心她或许不会来了。为了不让自己到时候过度失望,他一直告诉自己:那只是客套话,就和那句"还书日期,是两周后哦"一样,是她重复了很多遍的台词。但同时,他也悄悄存了一丝希望,毕竟她说的是周三。既然是周三,那结果应该不会太坏。也正因为是周三,当在后门口看到图书管理员的身影时,有那么一瞬间,他以为是哥哥将她带来的。

玫瑰正当盛开时,每一朵都展现出自己最美的姿态。小鸟叔叔先带着她在玫瑰园中走了走,绕着宅子的外围又走了一圈,介绍一番整幢建筑物之后,领着她走进宅子里面。过去,他从没有带过任何非工作人员进入这幢宾馆。身边只是多了一个她,本应看惯的宾馆,却处处呈现出新鲜的感觉。小鸟叔叔竭尽所能地招待了她。

从欧洲王室赠送的名贵玫瑰到宅子修建的原因,从设计师到建筑式样代表的历史意义,甚至连玄关大厅里使用的彩色玻璃的由来,小鸟叔叔都说给了她听。平时有客人来访时,都是由会长或社长进行介绍,小鸟叔叔在后面等待着。但在长年累月的工作中,不知不觉间竟然记住了,并且能万分流畅地说出口。玫瑰的嫁接,外墙上花岗岩的产地,接待室墙纸的花纹,可说的东西简直太多了。她一边认真地倾听，一边惊讶地仰望天花板上的枝形吊灯，凝视暖炉的内部，还佩服似的抚摸着精心雕筑的楼梯扶手。其间，她不时地提出一些问题，小鸟叔叔都对答如流。

从上午就开始工作的园艺师和维护空调设备的师傅看见这个生面孔，脸上都露出了惊讶的表情，但小鸟叔叔并没有在意，继续介绍着。不知不觉间，他觉得自己既不是一介管理员，也不是一名导游，而是这座房子的主人，正向朋友介绍着自己的住处。

从吸烟室到酒窖，从淋浴房到厨房，他打开了每一扇门。而其中最让她感叹的，是客房中的华盖大床。

"果然是真的，这里就是秘密花园！"

她一脸陶醉，伸手碰了碰天花板上垂下的蕾丝，又轻轻地抚摸绣有玫瑰花的靠垫。小鸟叔叔一直等在她的身后，直到她心满意足为止。床上的蕾丝和靠垫的套子是昨天干洗店送回来的，他刚刚亲手套上。

为了不破坏她的浪漫情怀，只有一扇门小鸟叔叔没有打开。他真正的办公场所，那间办公室。

看完一圈之后，两人从露台走到庭院中，在玫瑰园的凉亭中休息了一会儿。小鸟叔叔在厨房泡好红茶，将上周招待宾客时剩下的巧克力端出来放在桌子上。面包屑没了,长椅锃亮,干干净净。天空终于放晴了,没什么挡着太阳,阳光普照在每一轮盛开的玫瑰花上。他们坐在凉亭下小小的阴影中,吃了一点巧克力,喝了一些红茶,沉默地看着庭园。图书管理员还沉浸在终于参观了心心念念的花园的余韵中,小鸟叔叔则不知道该说些什么才好,总觉得自己刚才好像说得有点太多了。一只蜜蜂许是被甘美的香味诱来,在两人身边飞舞一阵之后,小心翼翼地停在了放着巧克力的盘子边缘上。

"这个,很好吃啊。"

图书管理员说。

"请不要客气。"

为了不让她尴尬,小鸟叔叔也拿起一块送进了嘴里。每次来客人,秘书室都会让他去隔壁镇上的百货商店购买这种高级进口巧克力。他已经数不清自己曾经多少次打开过它的包装,将它们摆放在盘子里,但亲口吃到却是第一次。

"天气这么好,玫瑰又开得这么艳,很少见呢。"

"是吗?"

"上周有客人来的时候,右手边最里面,拱门那里的木香花才开了一半,还下了很大的雨。"

"那我运气真的很好啊。"

"但是也有些客人对玫瑰一点兴趣都没有的。"

"多可惜啊!"

"就像鸟儿再怎么叫,也有人会察觉不到一样。"

木香花开得正盛,只见花朵不见枝叶,浓艳的黄色连成一片,在空中形成了一道拱门。地面上还没有一片掉落的花瓣,无数等着绽放的蓓蕾正从枝叶间探出头来。园艺师和维修工的工作似乎已经结束了,庭院中已经看不到他们的身影。

"啊,是绣眼鸟。"

沿着矮墙生长着郁郁葱葱的树木,几只小鸟正从中间飞起,传来一串长长的"吱啾吱啾吱吱啾吱"的鸣啭。小鸟叔叔轻轻地叫出它们的名字。

"您对它们真熟悉啊。"

等到那一串歌声结束时,她说道。

"有关鸟儿的一切,都是哥哥教给我的。"

"您的哥哥?"

"是的,但他已经过世了。"

正在这时,几声尖锐的"吱吱"声之后,一阵比刚才更加悠长婉转的歌声响彻了天空,震得树梢也哗哗地摇摆起来。歌声就像洒向空中的水滴一般,一粒一粒反射着太阳的光。

"绣眼鸟的叫声还是比较好分辨的,它们的声线非常可爱。"

"是吗?"

"而且还不怕人。"

说话间,小鸟叔叔将双手拢在嘴边,面朝树木站直身体,发出一串"吱啾吱啾吱啾吱啾吱"的叫声。没多久,就有真正的鸟叫声比赛般地传了过来。

"真好玩,绣眼鸟被骗了。模仿鸟叫的本事也是您哥哥教的吗?"

"是,但我哥哥模仿得更像,都超过了模仿的层面。我没办法很好地解释清楚……哥哥是不用模仿的……"

小鸟叔叔将即将脱口的"哥哥会说小鸟的语言"这句话咽了回去,顿了顿之后继续说:"哥哥的耳朵用来听小鸟的歌声正好。"

"那一定是很美丽的耳朵,和绣眼鸟的叫声一样美丽。"

图书管理员自顾自点了点头,喝完剩下的红茶,双手放在桌子上,十指交叉。十指和凉鞋里伸出的脚一样,白皙光滑。小鸟叔叔不禁想,如果在她的衬衫左胸——没有任何装饰,连一个口袋也没有的衬衫左胸上戴一个小鸟胸针,会是怎样的光景呢。一定很合适吧,比起在青空药店的天花板下颤颤巍巍,小鸟们可以更加自然、更加安心地在她的左胸张开翅膀。

"可以再来一次吗?"

她开口说:"您再模仿它们的声音,让绣眼鸟再叫几声吧。"

"不,我们就这样等它们自己叫起来吧。它们刚才不是被骗了,是在抗议,在指责我不应该用这么难听的声音污染大好的蓝天。"

"真的?"

"真的。"

随后,两人安静地聆听起来。小鸟叔叔久违地想起和哥哥一起聆听鸟鸣时的情景,在幼儿园的鸟舍前,自家的院子里。只是现在站在身边的不是哥哥,而是图书管理员。以前小鸟叔叔总是特别希望能听见小鸟的声音,但这一次,他却衷心地祈盼着绣眼鸟再也不要鸣叫。只要它不叫,他就能一直和她待在一起。此时此刻,小鸟叔叔想要聆听的不是小鸟的歌声,而是她的。

不知是不是祈祷奏效了,树枝停下了喧嚣,绣眼鸟也没有再度鸣叫的意思,只能听见蜜蜂扇动翅膀的嗡嗡声。你们可不能吓着她,小鸟叔叔伸出手轻轻地赶走了蜜蜂。

八

和图书管理员相遇以后，小鸟叔叔打扫鸟舍时比以前更加热情、卖力了。因为只要待在小鸟身边，就会像阅读图书馆借来的书一样，眼前能更加真切地浮现出她的身影。一边用清扫刷擦洗地板，修缮快要坏掉的铁丝网，一边不断回想她渗出薄汗的额头、发间露出的白皙耳垂、拿起巧克力时的手指。十姐妹鸟们一如既往地盘旋在他头顶，互相展示着卓越的歌喉。

不可思议地，他不再像以前那么在意孩子们的存在了。哪怕那些过于活泼的孩子嚷嚷着"我也要帮忙"冲进鸟舍来，哪怕那些孩子不厌其烦地迭声喊着"小鸟叔叔"，他都不再慌张。不仅如此，甚至还为这个称呼感到高兴。他深信，只要自己一直是小鸟叔叔，那么和图书管理员秘密交换的信号就不会中断。

"今天好像也很热呢。"

园长老师一有机会就找他说话。

"是的，差不多下周要开放泳池了吧？"

小鸟叔叔竟然主动说起鸟类以外的话题，连他自己也感到惊讶。

"是啊,打扫泳池实在太辛苦了,池子里长满苔藓。"

"我随时都可以帮忙。"

"谢谢了,但您能打扫鸟舍就已经帮了我大忙了,泳池的打扫我会让来实习的大学生做的。"

"是吗,那有需要的话就尽管找我吧,不要客气。"

"好的,谢谢您。呵,一直能在干净的池子里游泳,你们真是幸福得很啊。"

仿佛向园长老师炫耀一般,十姐妹鸟在水槽中啪嗒啪嗒地拍打起翅膀,水花四溅。

与图书管理员相遇之后的另一个变化,就是工作时小鸟叔叔会偷偷吃一颗宾馆的巧克力。公物私用这种不太光彩的事,他以前从没做过。即使只是一个夹子,他也严格管理。但自从和图书管理员度过那个下午以后,每当放巧克力的盒子进入视野时,小鸟叔叔就迈不开脚步了。其实倒也不是特别想吃,毕竟巧克力这种东西,青空药店要多少有多少。他所需要的,只是专供来宾、一般收在食品柜子上数第三层、不能随便吃的巧克力。

盛大晚宴顺利结束,宾客和公司的相关人员都已经离开,剩下的只需关好门窗回家。深夜里,坐在厨房圆椅子上的小鸟叔叔忽然看见了那个巧克力的盒子。那是一个平坦的白色木盒，上面印着家徽般的金箔花纹和很难分辨的英文花体字。小鸟叔叔站了起来，打开柜子的拉门，取出它抱在胸前，打开了盖子。一颗颗的巧克力躺在一个个很小的格子中，椭圆形，长方形，坚果的，酒心的，太妃糖色的，白色的，纯黑的，形形色色，它们乖乖地守护着属于自己的格子。宾客们似乎热衷于喝酒，并没怎么碰这些巧克力，盒子里的量几乎没减少。

小鸟叔叔将手伸向其中的一颗。骰子形，上下两层，分别是牛奶和黑巧克力口味，是那天图书管理员吃过的。没想到巧克力触手冰冷，他的指尖微微颤抖，铺在下面的纯白纸张沙沙作响。除此之外，再也听不见任何声响。外面的世界已经被黑暗所笼罩，只有料理台上方一盏白炽灯照亮了他的手边。

那一天她没有过多的客气，顺从地吃掉了它。选哪个呢，选的时候有过犹豫，最后挑了最小的一个，说"谢谢，那我吃了"。声音和在图书馆时不同，更加轻松。拇指和食指看上去比巧克力更加光滑，带着可爱的圆润，半透明的指甲像刚刚出生的小鸟的嘴一样，没有一丝浑浊。

半闭着眼睛，小鸟叔叔将巧克力塞进了嘴里。很快，巧克力在口中融化开来，舌头变得温热、湿润、黏稠。他忽然觉得自己刚才吃的仿佛是她的手指，慌忙盖上了盒子。巧克力一直在沙沙作响。

曾经绽放得无比灿烂的黄色木香花全部枯萎，连一片花瓣都没有剩下就消失得无影无踪，小鸟叔叔因违反工作守则被公司要求写了检讨书。

"……未经允许以工作以外的目的使用公司的设备、器具，并私自消耗公有物品，给公司造成损害……"

总务部的课长出示给他的文件上，印着这样一行字。邀请图书管理员来宾馆的事被公司知道了？公有物品是巧克力吗，有谁看见自己吃了？他无从确认，只是默默地写下检讨书。

"小鸟阅读"一如既往地继续着。要想找到他要的书，逐渐变得有些困难，但小鸟叔叔依然坚持在书架间来回走动，这样就会遇见某本吸引他注意的书。有时这本书比它两侧的书稍稍探出头，有时又会往里微微陷进去，他想这有可能是来自图书管理员的暗号。"希望小鸟叔叔能够挑选这一本"——薄薄一册中隐藏着她的心愿，小鸟叔叔一时挪不动步。

"请给我这个。"

他注意着不让自己表现得过于热络和轻佻，当然也没有提及暗号的事。

"好的，请稍等。"

图书管理员的神情与最初别无两样,依然沉稳宽容。不用多说什么,从她翻阅书号索引的动作、抚摸书本封面的手势、告知"还书日期,是两周后哦"时嘴唇的翕动中,就足以读取她的信号。啊,您果然借了这本,我也发现了这本书里藏着小鸟哦。它还真是幸福,能被小鸟叔叔发现……她的细语化成小鸟的鸣啭,传到了小鸟叔叔的耳中。

"有空的话,还请随时来宾馆做客。"

抓住周围没有其他读者的时机,小鸟叔叔对图书管理员说道。

"谢谢,但是一次就已经足够了。"她说,"也不太好意思打扰您的工作。"

小鸟叔叔有些担心,她是不是知道了自己写检讨书的事?

"不用客气。想来的时候随时按响门铃就是了,我会准备好巧克力等着的。"

"啊,那的确是非常棒的巧克力呢。"

仿佛回想起了巧克力的味道一般,她的嘴角浮现一丝笑容。嘴唇光润,仿佛渗入唇间的巧克力一直保留到了现在。

"因为只吃了一颗,才让我觉得像做梦一样美味。那天的那一次,对我来说足够了。"

小鸟叔叔也不知道重复过多少次那天的画面,对他来说,那天也几乎和映现在脑海中的梦境一样。只有图书管理员和自己两个人的、不被任何其他人打扰的梦。

"好了,请拿好。"

图书管理员办完手续,将书递给了小鸟叔叔。

"还书日期,是两周后哦。"

两人之间早已了然于胸的这句话,图书管理员还是用同样的口吻重复了一遍。她绝不会省略小鸟叔叔最爱的这句话。当然,小鸟叔叔也很清楚这句话不是只为他一个人而是为成千上万的人存在。但毫无疑问,只要他想听,她就会无数次地重复。

盛夏的某一天,提早离开宾馆的小鸟叔叔去了一趟图书馆。

"要是顺道的话,要不要一起回去?"

到了闭馆时间,他和图书管理员提议。

"我还要收拾一下,可能花点时间,可以吗?"

她歪了歪脑袋,思考了一会儿。

"好的,请慢慢来。"

他在以前阅读《咪棣商会八十年发展史》的阅览室椅子上坐了下来,等着她收拾完毕。

和平时一样,收拾起来她也是极为麻利,赏心悦目。熟练地放下百叶帘,关上书库门,每个动作都很细心,不留一丝疏漏。柜台上一张便笺纸都不剩,堆着很多书的还书箱不知什么时候空了。最后,她将橡皮章上的日期调到下一天,放进了抽屉里。

"久等了。"

关上灯之后,黑暗瞬间吞噬了所有的书本。她将挂在门把手上的牌子翻到"闭馆中"。

夕阳西沉,微风从枝叶间吹过,白天笼罩在散步道上的暑气终于开始消散。两人推着自行车并肩行走。树林间隐约可见的排水管无声流淌,主干道上的喧嚣遥不可闻,蝉也叫累了,四周只能听见车轮滚动的声音。

他们几乎什么话都没有说。有时对面过来人,他们排成一列让开一条路。有时正在散步的狗跑过来狂吠,他们停在原地,等狗叫够了才继续往前走。在没有柜台也没有书,没有玫瑰园也没有巧克力的地方,究竟要如何向她搭话?小鸟叔叔不知道,只是反复握紧把手,用视线勾勒着脚下逐渐变浓的影子,再偷偷看一眼她的侧脸。她的侧脸半笼在薄薄的暮色中,近得仿佛伸手就能捧住。小鸟叔叔更加用力地握紧把手,因为一不注意，手就会真的伸向那白皙的脸颊。刚才还挂在树梢的晚霞不知不觉间褪了色，金星开始在夜空中闪闪发光，小鸟们早就已经归巢。

穿过散步道来到主干道，立刻看到了铺天盖地的路灯和车灯，傍晚的余韵突然荡然无存。来往人群更多，周围更加热闹，两人对话的机会更少了。每当走到十字路口时，小鸟叔叔就会紧张起来，不知道她会不会就此和自己走向不同的方向。但两人却像早就商量好的一样，保持着同样的速度和同样的方向。车轮声合二为一，互相纠缠，再也无法分开。

他们走过很多个路口，穿过商业街，走进小路，来到河堤沿岸的路上，穿过了桥。那是一座有些年头的桥，其貌不扬，栏杆上的涂料已经剥落，人行道上的石子坑坑洼洼，每当大型卡车通过时，桥身都会微微震动。

"你不累吗？"

小鸟叔叔只问过这一句话。

"没事。"

她注视着桥的另一端，回答道。漆黑的河面上映着半轮圆月，乍一看仿佛是沉在波光底下，但很快又浮上水面，不久成了粼粼碎片，又在水流中重新恢复半月的模样。

穿过桥之后，路就分成了两条。一条沿着河堤往河口方向延伸，另一条通往住宅区。两人自然地在岔路口停下脚步。

"那边不远处就是幼儿园的鸟舍。"

小鸟叔叔指着空中模糊的一点说。

"今天早上我刚刚打扫过。"

她没有点头，也没有开口，只是看向了他手指的方向。

"那里有很多十姐妹鸟，现在应该都钻进鸟巢准备入睡了。"

小鸟叔叔继续说。

"晚上的小鸟比平时更聪明，想一起去看看吗？"

把哥哥的特等席，栅栏上的那个凹陷让给她吧，那里可以清楚地看到圆巢的内部。为什么小鸟会在夜晚更加聪慧，把哥哥说的话原封不动地告诉她吧。铁丝网、地板、水槽都刚刚擦拭过，干干净净，饲料也填满了。怎么看，都是一座气派的鸟舍，不会让人觉得丢脸。

小鸟叔叔的脑子飞快地转动，她却一直沉默着。

"难得您盛情邀请，但是……"

她终于开口，侧脸的轮廓模糊在夜色中已经看不清了。

"我还是不绕路直接回家吧，父亲说不要晚归……"

小鸟叔叔顿了顿，垂下了眼睛。

"是吗……"

"不好意思。"

"没有,没有的事。"

"那……再见。"

她说着跨上自行车,用力踩起脚踏板离开了。背影和车轮的声音转瞬间远去,很快融入夜色中,视野一角只有翻飞的裙摆。这一刻,哪儿都没有她曾经站过的痕迹。

那句"再见"很小声,与"还书日期,是两周后哦"相比,纤弱无助,几乎与风声融为一体。

"波波语里的再见,是怎么说的来着。"

小鸟叔叔喃喃自语。当然,他很快就想起了那句话,重复了一遍,不向任何人,只是对自己轻声说了一遍。

那天小鸟叔叔借的,是某位画家的传记。画家并没有受过专业的教育,终其一生只是报社一个平凡的印刷工。但他悄悄地绘制油画,死后,大量的作品被发现并得到了世人的认可。随意地翻着书页,小鸟叔叔偶然发现他早期作品中的一个信鸽系列,原型是他工作时报社屋顶上养着的信鸽。

小鸟叔叔重新看了一遍封面上的书名,发现分类标签上贴着什么东西。不是禁止外借的标记,而是一个更小的星形贴纸,贴在书号右上角。它闪闪发光,就像和图书管理员一起回家的那天晚上，映在河面上的半月一样。这一定是来自她的新的信号，小鸟叔叔在心里认定，立刻拿着这本书跑到了柜台前。

"一本吗？"

坐在那里的不是她，而是曾经见过一次的中年男子。

"那个，她……"

看着小鸟叔叔拿着书沉默不语，男子有些不耐烦地问：

"借书吗？"

"呃，嗯。但是，那个，今天是去主馆了吗，一直在这里的那个女孩子？"

"她辞职了。"

男子毫不犹豫地说："上个月底辞的，本来就是个临时工。"

小鸟叔叔花了一些时间，才正确地理解了男子这句话的意思。他低着头，看着拿在手里的书，用视线一笔一画地勾勒着那不熟悉的画家的名字，用手指抚摸着分类标签上的星形贴纸。

"她去哪里了呢？"

这个问题问了也是没有意义的，但当小鸟叔叔回过神来时，已经脱口而出了。

"不知道啊，听说是要结婚了，具体不清楚。这本书你借不借啊？"

几乎是无意识地，小鸟叔叔将那本画家的传记放到了柜台上。

"啊，又有小孩子捣乱了。"

男子自言自语道，将分类标签上的星形贴纸剥了下来，用指尖揉成一团，扔进柜台下方的垃圾箱。

"这帮小孩子，经常这么干，捣乱。把贴纸贴得到处都是，还把糖果的包装纸夹在里面。好了，给你，不要错过归还日期啊。"

小鸟叔叔接过书，离开了柜台。将画了信鸽的画家传记放回了书架，他空手离开了图书馆。

那之后，小鸟叔叔再也没有见过那个图书管理员。周三的午后，每当宾馆的门铃响起时，他都会猛地站起身来，想着莫非是她来了。但站在后门的是来送货的酒水供应商，或者拿着挂号信的邮递员，又或者来推销报纸的业务员。

图书馆的柜台坐过一阵子的那个中年男子，很快换成一个学生模样的青年，紧接着又换成一个瘦巴巴的、眼神阴郁的中年女性。不管图书管理员换成了谁，都不再有人挂念小鸟叔叔借的是什么书。办妥了借阅手续又放回书架上的那本传记，也不知图书馆要怎么处理，没有人追究，就那么静静地一直待在同一个地方，分类标签的一角依旧残留着星形贴纸被剥离之后的痕迹。终于，小鸟叔叔不再在这个图书馆借书了。

只有一次，下班回家的路上，他曾经在桥畔的分岔路上停下自行车，试着转向了与自己回家相反的方向。太蠢了，这么做有什么意义，算了吧，太傻了。小鸟叔叔一边责骂着自己，一边踩着自行车的脚踏板。那条路沿着河水笔直地延伸着，左边是流淌的河水，右边是河堤。越往前走，河水越平静，空气中开始弥漫大海的味道。夜色更深了，没有月亮，也看不到一颗星星。眼前出现了工厂的灯光，工厂建在填海造成的土地上，再前方就是堤坝。路已经走到了尽头，四下里都没有她的身影。

午休时间，小鸟叔叔一边在凉亭的长椅上吃着面包，一边不时地思考着候鸟。被天敌袭击受了伤，抓不到虫子吃所以身体虚弱，或发生意外偏离了航线，它无法到达目的地。蹲在水草丰茂的沼泽地中，翅膀受了伤，羽毛纷纷扬扬地掉落，不仅失去了再度翱翔的力气，就连站起来都困难。除了藏身在草丛中，它没有任何其他的办法。伙伴们都已经飞走，四下里隐藏着看不见的生物。这里究竟是哪里，离目的地多远，什么都不知道。

天空中的星星是那么遥远，零零星星，闪闪烁烁，指引它的暗号已经断了。它仰望天空，用眼睛将那一粒一粒的星星连在一起。虽然虚弱，但表情认真，洋溢着哥哥深爱的鸟儿夜晚的智慧。暗号指向的远方，是它怀念的故乡。它一遍又一遍，在脑海里回想那里的树木的形状、风的方向和土壤的芬芳。

最后的时刻终于来临。在这个陌生的地方，没人发现，它静静地合上了眼睛。无论怎样等待，它都不会再回来了。

秋风转凉的时候，幼儿园的鸟舍死了一只十姐妹鸟。

"明明早上一点异常都没有的。"

每当有小鸟死了时，园长老师总说这句话。

"它们不会把虚弱的一面给人看的。"

小鸟叔叔的回答也永远相同。

"毕竟天气突然变冷了啊。"

"对。"

"是寿终正寝吗？"

"应该是。"

两人的对话又回到了从前那种僵硬的、只与小鸟相关的内容。

"那，之后就拜托你了。"

"好。"

小鸟的尸体通常被埋在银杏树根下的"小鸟墓园"里。那是一片被落叶覆盖、平时不太照得到阳光的角落，只有它的土壤颜色和周围不同。孩子们在那里竖了一块三合板，用油漆写上字，就算是墓碑了。自然死亡的文鸟也好，被野猫撕碎的虎皮鹦鹉也罢，小鸟叔叔掩埋了几十只小鸟的尸体。孩子们书写的墓碑上，"鸟"字有些前倾，"墓"字的一捺滴下一滴油漆，占据了最后的空间，"园"字只好小心翼翼地缩成了一团。每年初冬，这块地方就会散发出尸体的味道，落满银杏的果实。

那天，小鸟叔叔没有把十姐妹鸟埋进墓园里，而是小心翼翼地躲过园长老师的视线，用手帕包起塞进上衣的口袋里，然后走出了幼儿园。不管什么品种的小鸟，死后都会变得更小。平时，它们张开翅膀看上去会很大，一旦不能再次飞翔，就像丧失了大部分的身体组织，伛偻着缩成小小的一团。

十姐妹鸟也一样。它的身体已经僵硬，瞳孔浑浊不堪，两腿弯曲，徒劳地想要抓住虚空。无法想象，几个小时前它还曾在空中自由翱翔。

骑着自行车的时候，小鸟叔叔一直可以感觉到沉睡在口袋中的那团冰冷。它看上去那么不堪一击，按一下就会被轻易挤烂，但又似乎怎样都不能彻底被消除掉。骑到桥上时，小鸟叔叔停下自行车靠在栏杆上，从口袋中取出了十姐妹鸟。打开手帕时，十姐妹鸟还保持着和刚才一模一样的姿势。水面上浮动着和那天同样的半月，在波光中摇曳。他用右手握住它，将身子探到栏杆外，用力投向河里。没有听见水声，也没有看见波纹，根本无法分辨到底掉在了哪里，它的尸体就这样被夜色吞噬。仿佛什么都没发生一般，半月依旧在水面上摇曳着。

九

哥哥死了将近十五年。这期间，除了继续做宾馆管理人的工作，照顾幼儿园的鸟舍，小鸟叔叔的生活就只剩下骑着自行车漫无目的地穿行在镇上，阅读关于鸟类的书（仅限于从图书馆主馆借来的书），收听收音机里的广播。

看上去一切如常，然而确确实实、一点一滴地发生了变化。幼儿园鸟舍中，十姐妹鸟的时代已经完结，曾有毕业生送来蓝黄金刚鹦鹉，后来又增加了附近农民转赠的一对乌骨鸡，最终扎根的是最稳妥的文鸟。但最大的变化还得说园长老师退休成了名誉园长，很少再看到了。新的园长是以前就见过的一位老师，但她似乎不太喜欢鸟类，几乎从来不靠近鸟舍。偶尔出现时，说的也都是些"飞起的羽毛导致有些孩子的哮喘发作了""附近的居民投诉味道太大了"之类的话。小鸟叔叔只是默默地低着头，更加认真地打扫起来。对他而言，只要能够继续照顾小鸟，就足够了。

极少露面的名誉园长难得过来时，每次看到他都会走过来寒暄两句。

"啊，是新的秋千呢。"

"是的，旧的那个坏了。"

"文鸟圆墩墩的，好像很结实呢。"

"对。"

"眼睛周围的那一圈红色，看上去挺可爱的呀。"

"对。"

接下来便是一连串不知道重复了多少遍、关于小鸟的闲聊。

园长老师退居名誉园长时，正好是幼儿园的毕业仪式，曾经邀请小鸟叔叔也来参加。她说，孩子们想感谢小鸟叔叔长年以来的辛勤劳作。这是他完全没有想到的情况，十分困惑，当场就表示了拒绝。我的脑海中从来没有过孩子们，对我而言重要的只有小鸟，这句话险些脱口而出。为了化解尴尬，他忙低下头，找了个借口说："毕业仪式那天，我有点工作上的事脱不开身……"

"啊，是吗？那可真遗憾。"

园长老师这么说，她的遗憾似乎是发自内心的。

几天后，幼儿园孩子们写的感谢信和纪念胸章一起送到了小鸟叔叔手上。

"小鸟叔叔，谢谢您为了小鸟们，一直打扫它们的鸟舍。"

感谢信是用蜡笔写的，纪念胸章是硬纸板贴上金色彩纸制成的，正面画着小鸟叔叔的肖像，背面是小鸟的图案。小鸟长得很可爱，却像挂在青空药店天花板下的胸针一样尴尬地倾斜着。小鸟叔叔深知自己没有资格获得这样的东西，但还是将它们摆放在了小鸟胸针的旁边。

青空药店这边，除了店主年纪渐长成了彻头彻尾的老太太以外，并没有什么变化。令人发寒的混凝土地面，柜台上残留的广口瓶痕迹，预防口臭的口香糖，皱巴巴的白大褂，一切都与从前一样。

小鸟叔叔开始常来青空药店购买止痛剂和消炎膏药。差不多五十五岁开始，头疼的毛病每年加剧，到了现在，每个月都有几天头疼得不用止痛药就没办法上班。可药吃多了胃又开始不舒服，每当这时，小鸟叔叔就用剪刀将膏药剪成小块，贴在太阳穴上,也不知道这样有多少作用。和店主一样,他的年纪也在增长。人瘦了,眼睛凹下去,背驼了,声音变得嘶哑,头顶已经开始显秃,老年斑也愈加醒目,剩下的那点头发还不如文鸟的羽毛茂密。当他想起来的时候才发现,自己已经远远地超过了哥哥死去时的年龄。

临近退休,宾馆却因公司方针的调整产生了变化,这对小鸟叔叔而言是一个沉重的打击。定位依然是"用于接待宾客的设施",但同时它也以收费的形式面向公众开放了。宾馆整体的工作内容没什么太大变化,但还是增加了两个常驻的兼职女性。参观者络绎不绝,曾经的清净荡然无存。尤其是玫瑰盛开的时候,入口处甚至会排起长队。

小鸟叔叔已经不能在凉亭长椅上度过午休了。现在,他只能在半地下的办公室里,背对着两个兼职,一个人嚼面包。小窗外,参观者的脚时隐时现,再也没有天空和鸟儿。掉在地板上的面包屑,被他用鞋底踢到了屋子的一角。

为了向公众开放,宾馆的各处细节都进行了调整。大厅里摆了一张用于销售入场券的长桌,图书管理员喜欢的华盖大床周围设了栅栏。沙发、走廊、彩色玻璃上分别挂着"请勿就座""沿此路向前参观""请勿触摸"的牌子,还新建了厕所和鞋箱。喧嚣一直占据着整个空间。

这些喧嚣令小鸟叔叔陷入一种焦躁不安的状态中，就像他长年累月建立起来的宾馆的秩序已经被一群陌生人任意践踏、毁坏殆尽。他尽可能让兼职们去做门面上的活，自己待在地下。偶尔，兼职端来咖啡或点心，他也只是坐着，用小得几乎听不见的声音说一句"谢谢"，仅此而已。

"今天是巧克力哦。"

最近，两个兼职正从附近的超市采购廉价点心。

"不好意思，我不吃巧克力的。"

小鸟叔叔说。

院子里的别院终于成了一个神奇的土堆。土堆被落叶、藤蔓、羊蕨草和苔藓覆盖，呈现出怪异的轮廓，无法再坍塌，当然也无法恢复原样，看上去有些迷茫。也许是因为哥哥做的鸟食台上一直没有断过食物，也许是其他什么理由，总之，各种各样的野鸟不停地来到这里。麻雀、白脸山雀们成群结队地飞来，忙碌地飞来跳去、将鸟食撒得到处都是；从附近公园里混进一对斑鸠，长时间地啄着土堆的各个方向，仿佛在探明它究竟是什么一般；它们脚下，不知从哪里飞来的种子正绽放出不知名的小花。

为了打扫鸟食台爬上土堆时，小鸟叔叔偶尔会从脚下滑落的泥土中看见一些别院的痕迹，赶紧用落叶和泥土掩盖上。看着像是书本或者笔记本的纸片，但已经彻底腐烂，让人无法想象原先的模样。尽管如此，他还是会不安，害怕自己的不小心打断了父亲好不容易的长眠。环绕在鸟儿的歌声里，父亲终于能倾听哥哥的语言。为了不打扰他，小鸟叔叔小心翼翼地将牛油和葵花子放在了鸟食台上。

九月的尾巴，一个晴空万里的周日下午，小鸟叔叔去百货商店买了衬衫，回家时路过堤坝边的公园，在长椅上休息了一会儿。河堤上长满柔软的小草，三三两两地躺着一家子或情侣，孩子们在河边的小路上骑着自行车，对岸传来了年轻人打羽毛球的欢呼声。上周下了雨，河水有些浑浊，水流湍急，桥墩处还形成了漩涡。那个十姐妹鸟是沉在水底变成了尸骨，还是流向大海葬身鱼腹了呢？小鸟叔叔凝视着之前抛下尸体的位置。这时，一个面生的老人向他走了过来。

老人的年纪比他更大，身材很高，腰已经弯了，挂着一把伞当拐杖。他满脸深深的皱纹，看着有些面目可憎，尤其是额头上等距离的四条皱纹，就像是雕刻上去的，令人心疼。又肥又大的西装配上与年龄一样古老的领带，脚上是一双积满灰尘的皮鞋，花白的头发乱糟糟地纠缠在一起，肩膀上落着头屑。

老人没打招呼，瞟都没有瞟他一眼，理所当然地坐在了小鸟叔叔的旁边。边上还有许多长椅空着，但他的动作仿佛在说这才是他一直以来的座位。小鸟叔叔正想回家，但老人刚坐下自己就站起似乎有些无礼，便继续稍坐了一会儿。

两人都只是静静地凝视着河水。老人将双手放在竖在两腿间的伞柄上，小鸟叔叔在胸前交叉起双手，不时用眼角的余光观察身边的人。比起额头上的皱纹，老人那双大耳朵更令人吃惊。牙齿已经掉光，下巴稍显寒酸，后背有些虚弱地弯曲着，唯有耳朵依然保持着丰满的轮廓。虽然过大，看上去却并不尴尬，形状端正，甚至有些优雅，内侧的绒毛在阳光中显得十分通透，耳垂泛着淡淡的粉红色。

"你，"先开口的是老人，"这里粘上什么东西了。"

老人用浮肿的手指指了指小鸟叔叔。出人意料，声音有力，气势十足。

"啊，这个是……"

小鸟叔叔朝太阳穴伸出手去："这个是膏药，缓解头疼的。"

"是吗？"

老人再次端详起小鸟叔叔的太阳穴周围。

"很适合你啊。"

他的眼珠已经浑浊，眼袋耷拉着，眼角还堆着眼屎。

"是吗？"

"嗯，看着像有趣的配饰一样。"

他每次开口，额头上的皱纹就仿佛有生命一样自己蠕动起来。老人再次将手放回伞柄上。

"适合膏药的人，这世上可不多见。"

"嗯。"

小鸟叔叔不知道该如何接话，只好用食指摸了摸早上刚刚贴上的膏药。膏药还残留着薄荷的香味。

"你自己也是这么想的吧？"

"这个……"

"我就没法像你这样了。"

老人摇了摇头，清了清嗓子后将视线投向远方。风吹开乱糟糟的头发，耳朵更加显眼了。时间在沉默中流逝。年轻人们依旧在嬉闹，孩子们依旧踩着自行车。水草、撞在桥墩上溅起的水花、装在自行车篮子里的白衬衫袋子，都笼罩在阳光中。

老人将伞放到旁边，伸手在西装内侧口袋里摸索了一会儿，取出一个小盒子。像是一盒烟，但小鸟叔叔很快就知道那不是，因为老人将盒子凑到了耳边。

小鸟叔叔再也不能从老人身上挪开视线。这个盒子是什么？他在做什么？不知道，但很显然与耳朵有关。

老人平静地倾听起盒子里的声音。闭上眼，调整呼吸，将注意力全部集中到耳朵上，就这么一直倾听着。他的姿势让小鸟叔叔想起了靠在栅栏上倾听幼儿园小鸟叫声的哥哥。老人嘴角紧闭，头发散乱，背部离长椅靠背几厘米，脖子扭转成最易倾听的角度。除了指尖微微颤抖以外，整个人都是静止的。时隔太久，小鸟叔叔终于又亲眼见到了一心一意侧耳倾听的人，不由得激动起来。他似乎和哥哥一样，都是想要倾听除自己之外再也没有人能听懂的声音。

"那个，不好意思。"

小鸟叔叔深知自己不应该打断他，但实在太想问了。

"您在听什么呢？"

老人倒也没有不高兴，转了转眼珠，那表情仿佛一直等着他提问一样。

"你是问这个吗？"

老人毫不吝啬地将盒子递到他的耳朵旁。小鸟叔叔紧张起来，拼命集中注意力。

"听得到吗？"

"……"

"再坚持一会儿。"

"嗯。"

"怎么样？"

"……呃……"

"还是听不见？"

"嗯，什么都听不见……"

"是吗，因为今天气温有点高啊。"

老人将盒子放在手心给小鸟叔叔看。那是一只漆黑光亮的木盒子，正好可以单手握住，厚度大约只有两厘米，从表面不知道该怎么开，也看不出内部构造。最惹眼的还是它的装饰，整个表面用螺钿工艺描绘着草原上的花草，上部四分之一左右是镂空的。

"这是虫盒。"老人说，"里面装的是虫子，可以听它的声音。"

"虫子？"

小鸟叔叔重复了一遍。

"对，我是金钟虫派的。现在的主流是蟋蟀派，但我坚定地支持金钟虫。来吧，别客气，拿在手上看看。"

小鸟叔叔缓缓伸出手，知道里面装的是虫子以后，就得更谨慎些。盒子比想象的更轻，带着些许老人的余温。

"啊。"

从镂空花纹中探出了一根触角模样的东西，他不由得惊呼了一声。

"你看,我没骗你吧?"

"虫子怎么装进去的?"

"为了防止被人随意打开,虫盒都有特殊的机关。"

老人用食指指甲按住侧面的一处,滑动盒子底板。随着一声弹簧弹开般的声音,镂空的部分打开了。这动作不知重复了多少遍,颤抖的手显然没影响他的熟练操作。

"就像这样。"

老人有些骄傲地说。

为了不让金钟虫逃走,小鸟叔叔用双手笼着盒子,往里瞄了一眼。黑乎乎的看不清楚,但似乎确实有什么黑色的东西躲在里面,不时有触角或脚摩擦盒子内部的"嚓嚓"声。

"任何时候,我都会把虫盒放在衣服内袋里。"

老人关上了机关盖子。

"这样,一整天都能和虫子的声音在一起。它们只为我鸣叫,太让人愉快了。"

老人高声大笑。起初小鸟叔叔还以为那只是快要掉出来的假牙的声音,但无疑是发自他内心的笑声。

就在这时,仿佛悄然钻进笑声的缝隙一般,金钟虫突然开始鸣叫了。

"你听，开始了！"

将虫盒放在当中，老人将左耳贴了上去，小鸟叔叔将右耳靠了过去，认真地静听金钟虫的叫声。两人靠得那么近，脸颊上能感觉到对方的鼻息。风吹过，老人的头发不时地撩过小鸟叔叔的太阳穴。

那之后的每个周末，只要不下雨，小鸟叔叔就会骑车去堤坝边的公园。有时候能遇上那位虫盒老人，有时候遇不上。遇上时，也不做什么特别的事，只是一起听听金钟虫的叫声而已。遇不上时，就会有些沮丧，坐立不安，担心是不是他身体不好，忍不住一直去看河堤的方向。相反地，如果看到他已经坐在固定的位置上，就觉得让人久等了，急匆匆地跑下河堤。

金钟虫的叫声和鸟儿的声音大不相同。金钟虫的声音微弱，纤细，朴素。不管飞在多高的天空中，鸟儿的叫声很快传至大地，而谨慎的金钟虫则不同，一不小心就很容易错过它的声音。

"你听。"

老人不愧是金钟虫的主人，可以立刻捕捉到金钟虫鸣叫的前兆，并向小鸟叔叔发出信号。虫盒深处小小的黑暗开始振动，几乎被周围的喧嚣声淹没，但确确实实在鸣叫。

金钟虫的叫法难以预测。有时不停地叫，让人担心翅膀是不是要拍断了，又戛然而止，陷入一片漫长的寂静中。偶尔还会一整天都不叫。但老人并不介意叫的次数，一点都不着急，悠然地等待着它的鸣叫。甚至，漫长等待之后的短暂鸣叫对他来说更加珍贵，令他更加快乐。

"虫盒的保养很重要。不好好保养的话，难得的悦音也被糟蹋了。"

关于金钟虫和虫盒的话题，老人可以说上三天三夜。

"是用药水清洗吗？"

"人工合成的药就不行，一定得用纯天然的东西，不管怎样都要天然的。"

"嗯。"

"人的油脂，对虫盒来说，最好的就是人的油脂。"

"什么？"

"人脸上油光发亮的那层油脂。用绢帕沾一点，再去擦拭虫盒，动作要轻柔。"

老人从裤子口袋里掏出手帕，演示了一遍。虫盒吸收了充分的油脂，黝黑发亮，而手帕则脏兮兮的，皱成一团。

"所以才会这么有光泽啊。"

"不仅仅是外表的问题。虫盒吸收了油脂，声音都会变得圆润。"

"您能听出区别？"

"当然。蟋蟀派中有人为了追求声音的锐度，用什么松脂啊甘油之类的，都是歪门邪道。无趣！"

老人用极度轻蔑的语气说，额头的皱纹上下起伏。

他的装束一直没有变化。太大的黑色西装，积满灰尘的皮鞋，以及那把牢固的蝙蝠伞。也许是因为内袋一直装虫盒的缘故，西装有些不对称，左肩下滑，胸口部分耷拉着。

"用的是您自己的皮肤油脂吗？"

小鸟叔叔问道。

"不，你也看到了，我已经干枯了。"

的确，老人的额头干燥得起了皮。

"您不嫌弃的话，可以用我的。"

小鸟叔叔用食指抹了抹自己的鼻尖，看上面粘的油脂。

"啊，免了。"

老人立刻回绝道，"金钟虫喜欢女性的皮肤油脂，尤其是处女的油脂。"

他将手帕塞回裤袋里，温柔地戳了戳虫盒一角，像是在鼓励金钟虫似的。

金钟虫怎么都不肯叫的时候,小鸟叔叔尝试着模仿绣眼鸟的叫声。为了不吓到它,他将嘴唇凑近盒子的镂空部分,几乎只用气息叫着"吱啾吱啾吱吱啾吱吱啾吱"。偶尔能成功,金钟虫踩着余音的尾巴开始鸣叫。

"嗬,这还真是令人愉快。"

老人看上去十分高兴。为了取悦他,小鸟叔叔不断地模仿绣眼鸟的叫声。天空中的绣眼鸟听不见,公园里的人们也听不见。这仅仅是为了老人、小鸟叔叔以及金钟虫发出的声音,这是其他人再怎么仔细听也听不到的声音,声音包裹住两人所在的长椅。

"你是怎么练习的?"

老人问。

"我哥哥教的。他的叫声更像,如果是他的话,一定能随意地让金钟虫鸣叫。但他已经死了。"

"哦,是吗?"

"是的。"

"每只绣眼鸟的叫声都是一样的?"

"不是的,都有自己的特色,但每只都能唱出很美的歌。金钟虫呢?"

"每只也都不一样。比起保养虫盒,更重要的是如何区分出叫声好听的金钟虫。"

"区分得出吗?"

"这正是我擅长的,我可是金钟虫派里的权威,至今为止已经听过几千只金钟虫的叫声了。在草丛里叫得再大声,也不一定就是好的。不少虫子一旦放进虫盒里,就忘记怎么叫了。"

"关键看哪里呢?"

"看它们鸣叫时的姿势大概就知道了。离群索居,单枪匹马,朝着特定方向,不是为了宣示领土,也不是为了吸引雌性,只为自己歌唱的金钟虫。这种就是好的。"

老人咳嗽一声,清出一口痰,接着说:"因为虫盒里装的只有一只,必须得是适合孤独的金钟虫。"

"原来如此,是这个原因啊。"

小鸟叔叔附和道。

"哎,哎!"

就在这时,忽然有五六个在河岸上玩耍的孩子拥过来,长椅立刻被包围了。

"这是什么?"

"装的是什么?"

"点心,还是玩具?"

孩子们气还没有喘匀,就指着老人手上的虫盒你一言我一句地问了起来，看上去都只有五六岁的样子。是不是幼儿园里的孩子，要是嚷嚷起"小鸟叔叔、小鸟叔叔"的话该如何是好？小鸟叔叔想到这一点，不由得浑身一个激灵。小孩子这种生物为什么这样不客气呢，他甚至有些烦躁。

"哎，给我也看看呗！"

"我也要，我也要！"

但他们的注意力全部集中在虫盒上，并没有过多地注意小鸟叔叔。

"啊，不行不行！"

老人夸张地弯起腰，做出了保护虫盒的动作。

"你们要是不小心听到里面的声音，可就不得了喽！"

他挤眉弄眼地说。

"为什么？"

"什么意思啊？"

"'不得了'是什么意思？"

孩子们更兴奋地挤了过来。

"因为这盒子里啊……"

与小鸟叔叔不同，老人看上去一点也没有不耐烦，反而神采奕奕地拿他们打趣："这个盒子里住着小人。"

"小人是什么？"

"你们这些家伙！连小人都不知道？真受不了。小人就是什么都很小的人啊，头、牙齿、手、扁桃体、膀胱、喉结、脚底心，都很小的！"

"咦？好奇怪！"

"不奇怪，只不过小一点而已。为什么小人会那么小呢？因为他们是从天国派来的，所以行事一定要小心低调，毕竟那可是天国啊！"

老人这席话说得流畅自然，一点也不像信口开河。语句之间停顿合适，声音里带着点神秘的回响。不知不觉间，孩子们已经听得入了神。

"小人们的任务是，如果有人想知道自己什么时候死，就把那个日子告诉他。"

"哎，真的？"

"那当然，要不是这么要命的事，我们也不会听得这么起劲啊。你说是吧？"

老人忽然转向小鸟叔叔，他虽然不是很想参与，但还是点了点头。

"最关键的一点，得有想知道的人。小人们才不会随随便便地把这么重要的秘密告诉不想听的人呢。"

"那老爷爷，你知道自己什么时候会死了吗？"

一个小女孩用半是担心、半是好奇的口吻问道。她穿着很短的背带裙，套着一双起了许多毛球的袜子，看上去很聪明。

"这会儿正在听呢。小人嘛，声音当然也很小，不是那么容易听清的。一定要集中注意力，像这样，屏住呼吸、眯起眼睛……"

老人将虫盒凑到耳边，孩子们便也停下了动作，努力保持安静，注视着盒子和老人的耳朵。

"怎么样？听见了吗？"

刚才说话的少女按捺不住了，开口问道。

"小姑娘也要来听听看吗？"

"呃？"

少女露出有些惶恐的神情，往后退了一步。

"我很少把装着小人的盒子借给别人的，但借你可以，你是特别的。没有异议吧？"

老人看向小鸟叔叔这边。小鸟叔叔茫然地"哈"了一声。

"我不行吗？我也想听听看，小人的声音。"

"我也想，我也想！"

"这，还是算了吧。"

"让我听听吧，让我听听吧。"

孩子们你一句我一句地嚷嚷起来，喧嚣中只有那个女孩有些束手无策地站在原地。

"来,把耳朵靠到这个镂空的地方来听听看。"

老人牵着女孩的手让她站到自己的正前方,将虫盒递到她眼前,同时从裤袋里取出手帕擦了擦她的脸。他的动作快得不像一个老人,女孩根本没意识到老人对自己做了什么,只是战战兢兢地望着盒子上的镂空。

"还是算了吧,肯定是骗人的!"

一个男孩叫道,孩子们一起跑开了。女孩的毛线袜也跑向河岸的方向,逐渐融入阳光里消失不见了。

老人露出平常的愉快表情,笑了起来。他毫不在乎周围人的视线,假牙咯咯作响,比绣眼鸟更高亢、比金钟虫更响亮的笑声洒到四周。好一会,长长的笑声终于停止,老人用擦过少女的脸的手帕擦拭起虫盒。手帕擦过镂空花纹的每一处缝隙,仔仔细细,毫无遗漏。

日暮黄昏时,金钟虫叫了起来。不知不觉中,两人身体挨得更近,耳朵也靠在了一起。你果然还是在这里的,小鸟叔叔想着藏身在盒子深处看不见的金钟虫,松了一口气。

刚开始叫的时候,小鸟叔叔总是有些担心和不安。会不会立刻停止?会不会只是幻听?但很快,叫声慢慢延伸开去,生出气势，看来绝对不是幻听了。

音色无比纯净，静静穿透耳朵里的管道，毫不拖泥带水，深入底部，谨小慎微地振动着鼓膜，几乎不让人察觉。轻薄的音膜层层相叠，酝酿出了奇妙的音调。

小鸟叔叔忍不住想模仿它的声音，就像模仿绣眼鸟一样，但这是不可能的。首先音量就不好控制。毕竟金钟虫只会发出与自己的体形相称的、正好可以收在虫盒里的声音。身体明明那么小，为什么纹路却能那么精细？小鸟叔叔十分不解。翅膀明明很脆弱，轻易就可以粉碎，为什么能奏出这样的乐音？小鸟叔叔忍不住想，盒子里面莫非真的住着小人？

金钟虫不停地鸣叫着。中途有几次声音差点消失，但很快它又拼命振动翅膀，摩擦胎毛，在黑暗中掀起一片片波浪。这些波浪被处女的油脂不断地吸收了。

老人的耳朵就在眼前。耳朵还是那样，逃过了岁月的摧残一般水润光滑，在夕阳中勾勒出清晰的轮廓。耳朵的边缘传来老人的体温，小鸟叔叔明白，这是一直倾听着的耳朵。对于一直守护鸟舍前的哥哥，一直翻译着哥哥语言的小鸟叔叔来说，哪些耳朵在认真倾听重要的声音，哪些耳朵不是，是可以分辨出来的。他突然安下心来，仿佛只是待在侧耳倾听的人身边，头疼都能得到缓解。

长椅旁边，伞倒了。如往常一样，老人的肩膀上落着头屑，鞋子上积满灰尘，小鸟叔叔的太阳穴贴着小小的方形膏药。夜色愈来愈浓，河水、水草、河堤对岸的景象开始朦胧，逐渐远去。不知什么时候，孩子们的身影也消失了，这里只剩下老人和小鸟叔叔两人。

两只耳朵成为一体，几乎无法分辨，小人在耳边传达秘密的信息。

+

秋意渐浓，很快传来了冬日的气息。庭院里的鸟儿变换了品种，幼儿园鸟舍中开着加热器，玫瑰园的玫瑰枯萎了。参观宾馆的人减少了，兼职的女孩也减了一个。随着天气变冷，头疼的日子逐渐增多，但每个周末小鸟叔叔还是会去堤坝旁的公园。

"小鸟叔叔。"

从仓库里取出加热器准备装在鸟舍时，一个孩子叫住了他。

"你有一个装小人的盒子，对吧？"

说话的正是曾被老人擦过脸的女孩，穿着和那天一样满是毛球的袜子。她似乎是从教室里跑过来的,口中喷出白色的气息,脸颊上染着健康的红晕。头发扎成两条辫子,耳朵暴露在空气中,仔细一看,原来女孩的耳朵也是让人赏心悦目的形状,不愧是老人看上的。

"您现在带着吗?"

"没有。"

小鸟叔叔摇了摇头,"盒子是那个老爷爷的。"

"是吗?老爷爷的死期,你听到了吗?"

"呃,怎么说呢。"

"这样啊……"

女孩微微歪了一下头,手指搭上铁丝网,眼睛追着文鸟的动向。

"你喜欢文鸟?"

"嗯,但是它们眼睛周围那圈红色看上去有点可怜。"

"为什么?"

"因为看着就像用针头扑哧扑哧戳出来的一样。"

的确,文鸟的眼睛周围镶嵌着一圈米粒大小的红色珠子,成了区别于其他鸟类的最明显特征。不知是不是回想起了打针的时候,女孩的脸上有一丝阴霾转瞬即逝。

"文鸟们不会痛的,不用担心。"

小鸟叔叔安慰她说。

"真的?"

"嗯。"

女孩一只一只地打量着栖木上的文鸟,担心它们是不是还在滴血。扎成两束的辫子乖乖地垂在后背,罩衫下面露出笔直的腿,虽然穿着毛线袜,看上去却还是很冷的样子。

"但是,"女孩目不转睛地盯着文鸟说,"要是能把那个红圈摘下来,做成耳环一定会很漂亮。"

"耳环?"

"对,就是挂在耳垂上的那个。"

小鸟叔叔再次端详文鸟的眼睛。要是用针尖在眼角轻轻一挑,没准还真能轻松地把那个红圈摘下来。离开了黑眼珠之后,那红色一定会更加纤小,一不小心就能用指尖捏碎。除了文鸟的眼睛以外,也就女孩的耳垂称得起这红色了吧。尚未被任何人的手沾染过的耳垂柔软,半透明,柔润光滑,和红圈一样柔弱得似乎很容易被捏碎。要是在它上面点缀一粒血滴,该多么惹人怜爱。她奔走时的模样,几乎让小鸟叔叔以为是文鸟正在飞翔,不由得抬头看了看天空。

"家里人还没来接你?"

为了不让红圈从耳垂上脱落,小鸟叔叔小心翼翼地开口问。

"嗯。"少女转过脸,点了点头,"妈妈有急事来不了了,我在等爸爸。"

就在这时,文鸟们开始一只接一只地鸣叫起来。音色比血液清爽许多,仿佛许多干净的水珠正从它们的嘴尖喷洒到天空中一般。女孩的脸红扑扑的,尽管手脚依然冰冷,脸上却有一层薄薄的汗。

老人虽然擦拭了女孩的油脂,却没有碰到耳垂。文鸟的耳饰一定没有被任何东西所玷污,小鸟叔叔在心中默念着安慰自己。

"小××,你爸爸来了!"

远处传来了园长呼唤的声音。

"石头长椅真是好冷啊。"

老人既没有裹围巾,也没有披上大衣,一如既往地穿着那件没型的西装。几乎没有打羽毛球的人或是在河堤上睡午觉的人了,公园里静悄悄的。阳光照到公园,很快又被飘向下游的云层遮住。

"是啊。"

从刚才起,老人就一直把虫盒放在耳边,但金钟虫完全没有鸣叫的意思。他的手麻了，一直颤抖。昏暗的云层下，虫盒也没有失去光泽，每一道镂空花纹都被擦拭得闪闪发亮。

"已经不行啦，这家伙。"

老人晃了晃虫盒，盒子里传来干燥的、细微的声音。他一边往颤抖的手上吹了一口气，一边按下虫盒侧面的凸起，托着底板，滑动镂空的小窗打开了它——就和之前向小鸟叔叔介绍时一样。老人连看都没看一下，随手将盒子翻了过来。什么东西掉在两人的脚边，小鸟叔叔下意识地收回了脚。好久才看清，原来是金钟虫。

金钟虫应该死了有一阵子，身体彻底干枯，触角脱落，还掉了几条腿，合起的羽翼又黑又脏。这寒酸的模样，实在让人难以相信它就是那悦音的创造者。

"尽情鸣叫，叫够了，天气一冷马上就死了。"

老人说着，一脚踩碎了它。金钟虫的尸体在那双积满灰尘的皮鞋底下，轻易地化成了一堆粉末。

下一周，再下一周，老人都没有出现。也许在金钟虫的季节再度到来之前，他都不打算来公园了吧。他虽然教会了小鸟叔叔如何分辨好的金钟虫和保养虫盒的办法，但住在哪里，过着什么样的生活，小鸟叔叔却一无所知。小鸟叔叔一个人坐在长椅上，凝视着水流、天空和聚集在河岸边的野鸟们，突然觉得老人来了,往河堤上一看却总是没有他的身影。太阳西沉,到底还是有些无聊了,石头长椅也的确太冷了。小鸟叔叔无奈地跨上自行车,去超市买了少量的食品后,踏上了回家的路。

事情发生在星期天,小鸟叔叔像平常一样从堤坝公园回家的路上。拐到那条通往幼儿园后门的小路上时,他忍不住倒抽了一口冷气,刹住自行车。有一个人影正趴在栅栏的凹陷中,凝视着鸟舍。

那片记录了哥哥身体形状的栅栏虽然有些生锈,但依然保持着当时的形状。除了小鸟叔叔以外,几乎没有人知道它的存在。人们从小路上走过,从不会将视线投向那里。认出那个凹陷处的人影后,有那么一会儿,小鸟叔叔几乎挪不动脚步。

他当然知道那人不可能是哥哥(虽然在一瞬间期待过)。凝视鸟舍时的热情与哥哥不相上下,但人影比哥哥小了许多。

是那个文鸟耳环的女孩。光线已经暗了下来,附近没看见她母亲,她小小的身体正好嵌在凹陷里,看上去毫无忧虑,十分淡然。周末的幼儿园笼罩在黑暗中,四周全无人的气息,文鸟也全部集合在栖木上准备睡觉了。只有一盏孤零零的路灯,散发出青白色的灯光照亮了她的侧脸。

"一个人?"

小鸟叔叔慢慢走近她。

"啊,小鸟叔叔。"

女孩的声音与往日一样天真无邪。

"早点回家吧,马上就入夜了。"

"嗯。"

虽然这么说,但她却没离开栅栏。

"刚从风琴班下课。"

"是吗?"

她的脚边是一个缝着音符的手提袋,不知道里面装的是不是乐谱。小鸟叔叔站到女孩身边。一旦站在这个熟悉的地方,眼前就浮现出各种各样的哥哥:告诉自己金丝雀品种的哥哥,侧耳倾听鸟类鸣啭的哥哥,只是专心靠在栅栏上的哥哥。

"已经不叫了呢。"

"天黑了就不叫了。"

"因为害怕吗?"

"不是,是要睡觉了。"

身边有一个人,现在正和她一起看小鸟。只是这样一想,小鸟叔叔心中顿时涌现出难以抑制的怜爱之情。

仿佛早就知道哥哥的姿势一般,女孩自然地贴合着凹陷,用身体描绘出它的线条,没有半点勉强。这是哥哥发现的、最适合观察小鸟的角度,现在由她守护。夜色中,文鸟们的红圈还是很显眼。女孩的耳垂就在小鸟叔叔触手可及的地方。

"我送你回家吧。"

"啊,不用了。"

"不能让你妈妈担心啊。"

"没关系,我一个人回得去。"

女孩提起手提袋,抬头微笑。

"再见,小鸟叔叔。"

"路上小心啊!"

"再见,小鸟叔叔。"

小鸟叔叔的"再见"还没来得及说出口,女孩就跑走了,身影消失在小路的尽头。小鸟叔叔凝视着黑暗,用波波语轻声说:"再见。"

那年的冬天特别寒冷。连续好几天都是阴天,好不容易放晴却又刮起了猛烈的北风,下起了大雪。宾馆的水管被冻住,玫瑰园的支柱被积雪压断了好几根,兼职的女孩在结了冰的玄关门廊下摔断了手腕。积雪后,幼儿园的孩子们欢天喜地,堆起了雪人并排在鸟舍前。一个个雪人歪歪扭扭,用胡萝卜或积木做成的耳朵聆听着文鸟的叫声。大家给鸟舍加盖了毛毯,还将小鸟们轮流装进鸟笼带去教务室避难，但还是有几只文鸟冻死了。按照幼儿园的规矩，它们被埋在了"小鸟墓园"里。

别院里的积雪也很难融化，有的渗进层层叠叠的残骸缝隙间，结成脏兮兮的冰块。庭院里那些自由生长的树木下，总是湿漉漉、水汪汪的，长出了不知是苔藓还是霉菌的东西。即便如此，冬天的野鸟们还是生机勃勃地聚集了过来。北红尾鸲站在废墟顶端，盯着地面上的虫子时刻准备出击；山雀们大模大样地大口吃着放在鸟食台上的饵料；曾被哥哥评价为小心谨慎、深受他喜爱的斑鸠则一如既往，小心翼翼地不给其他鸟类添麻烦。不管风多冷，雪多厚，没有一只鸟表现出不愉快的模样。每只都用属于自己的嗓子全力地歌唱，用比手掌还小的翅膀飞向天空的高处。

那一天，小鸟叔叔一边用剪刀将膏药剪成小块，一边读着报纸。他注意到地区版面的一篇小文章，文章中出现的地名就在附近。文章说一个五岁的小女孩和哥哥们一起去游戏中心玩耍时失踪了，父亲要求警方搜查，翌日清晨发现她独自在堤坝公园的草丛里哭泣。女孩说自己是被一个陌生叔叔带走的，警方怀疑有人意图诱拐未成年人，正在附近搜查。小鸟叔叔回想起那片公园的模样。自打虫盒老人不再出现以后，他已经很久没有去过那里了。公园外的河边的确有一片茂盛的芦苇，高度正好可以藏住小孩，那附近还有一个荒废已久的渔民工具屋。

"别是那个女孩子就好……"

文鸟耳环的女孩在他脑海中一瞬而逝。小鸟叔叔叠好报纸，仿佛寻找疼痛源头般用食指来回按摩着太阳穴，将膏药贴在左右两侧。仅仅，只是这样而已。

那之后，小鸟叔叔并没有听说抓到犯人的消息。也许已经抓到了，只是自己漏看了那条新闻，反正没有太大兴趣，模模糊糊地也就忘了。只在幼儿园看到文鸟耳环的女孩一如既往地玩闹时，他才松一口气，想着果然不是她。

"最近世道不太安稳啊。"

青空药店的店主告诉他，犯人还没有抓到。

"这附近的人家，最近都不让小孩子一个人出去玩了。"

"是吗？"

"小学也是由父母陪着，集体上学放学的。"

"啊……"

小鸟叔叔不知道该如何回答。

"那个公园，一个小孩子的影子都看不到，更吓人了。"

店主一反常态地有些唠叨。

上了年纪以后，她和身为前任店主的母亲越发相似了。放在柜台上满是老人斑的手背，精瘦的脖子上层叠的皱纹，几乎快被吸进陈列架之间低低的音调，让人几乎区分不出谁是谁了。有时候小鸟叔叔会有些恍惚，被记忆拽回和哥哥一起来买波波的那段岁月。广口玻璃瓶的痕迹和栅栏上的凹陷一样眼瞅着快要消失，却依然保留着淡淡的痕迹。

"小姑娘好像是被人戏弄了。"

店主将胳膊撑在柜台上，压低声音悄声说。

"新闻里没有明确的报道，但听说是被抓进河滩上的小屋，然后做了一些不好的事……"

小鸟叔叔更加不知该如何回话了，店主也不在意，继续说道。

"客人们喜欢在这里聊一会儿八卦再走，就算不想听也会知道啊。药品公司的销售说犯人是个年纪很大的人。"

小鸟叔叔不时地点点头，目光游走在陈列架上，看自己喜欢的膏药是否卖完了。

"听说受害的小姑娘搬家了。的确，很难继续待下去啊，以后长大了……"

见她快要说完了，小鸟叔叔终于开口问道：

"我一直买的那种膏药，还有吗？"

"啊，对哦，忘记了。"

店主转身从陈列架上取出装膏药的盒子，用白大褂的袖口擦了擦上面的灰。

"头疼还没好吗?"

"对。"

"不要老是用这种东西随便对付,还是老老实实去医院看一下吧。"

"但这个还是蛮有效的。"

"啊,是吗?"

店主再次将胳膊撑在柜台上,看向小鸟叔叔的太阳穴。因为刚下班的缘故,他的太阳穴并没有贴着膏药,但那块皮肤又红又肿。

"把膏药贴在脸上,人家不会觉得奇怪吗?"

"不会贴着出门的……"

"但我看过你贴着它出门啊。"

"周末有时候,很偶尔地,会忘记撕下来……"

"不管怎样,"店主拿起装着膏药的盒子,"砰"地发出一声好听的声音,再次将它放到了柜台上,"要小心哦,不要被当成怪叔叔。"

小鸟叔叔轻轻点了点头,几乎是无意识地用左手食指擦了擦太阳穴,那里有些微微刺痛。

"记得去医院,听到了吗?中央医院,那边的内科医生可是名医哦。"

小鸟叔叔出门跨上自行车时,店主还在继续叮嘱。

那天晚上,两个警察造访了小鸟叔叔家。那时他刚收拾完晚饭的残局,正打算打开收音机的开关。

"深夜打扰,实在不好意思。"

警察很有礼貌,给人一种舒服的感觉。两人坐在沙发上,背挺得笔直,嘴角甚至还带着笑意。

"您知道诱拐幼儿的那件事吗?"

其中一人问。

另一人说:"我们想获得更多的线索,正在向很多群众寻求配合。"

两人轮流问了小鸟叔叔很多问题。家庭成员、工作内容、上班时间、职务、开始出入幼儿园的契机、帮幼儿园做的事、和园长的关系、多久去一次公园、案发当天做了什么……每个问题,小鸟叔叔都认真思考,做出了回答。只是事件发生的那个周日,他实在不记得了。也许去打扫鸟舍了,也许去青空药店了,也许去超市买东西了,也许一步都没有离开过家。总之没有任何异常,只是与以往一样的周末。

"去堤坝旁的公园了吗?"

"没有。"

这个问题可以立刻回答。因为金钟虫死后,他一次都没有见过老人。

"天冷了以后就再也没去过。"

他补充说。

"天冷之前经常去吗?"

"嗯,算是。"

"您去做些什么呢?"

"也没什么特别的,就是和熟人说说话,类似这样的。"

"您所说的熟人,是指哪一位呢?方便告知吗?"

"名字我不知道,是在公园认识的老人。"

他们细细地追问了老人的特征。一个回答衍生出另一个新的问题,引出新的方向,将小鸟叔叔带向更远的地方。时间不停流逝,警察似乎毫不在意。不知什么时候起,头开始疼了。

"不好意思,失礼了。"

小鸟叔叔起身去厨房吃了一颗止痛药。

"是吃药吗?"

"您哪里不舒服吗?真不好意思,给您添麻烦了。"

两人说着安慰的话,却没有离开的意思。

到最后,小鸟叔叔也没有讲出老人将金钟虫关在盒子里在公园里聆听叫声的事。然而，除了这个，关于老人的信息就很少了。倒不是故意隐瞒，只是每当要提及金钟虫时，总是无法很好地组织语言。可能是因为没有信心描述好虫盒，可能只是因为嫌麻烦，也可能全是因为头疼。小鸟叔叔虽然想出了一堆理由想要说服自己，但内心深处却清楚，是"处女油脂"让他心慌。他小心地斟酌词语，避免提及老人拿手帕擦拭女孩脸的事情。

"打扰了您这么长的时间，非常抱歉。"

"非常感谢您的配合。"

两人直到离开，都非常有礼貌。

送走后，小鸟叔叔终于难以忍受地躺进沙发，按着太阳穴，将脸埋在了靠垫里。头盖骨中似乎传来一拨拨疼痛的回响。沙发上还残留着警察的体温，感觉怪怪的。他将手伸进桌下，拖出装着膏药的盒子，颤抖着好不容易将两块膏药贴在了太阳穴上。这个盒子是以前哥哥用来装波波包装纸的，现在膏药下面还残留着几张。颜色已经褪去，纸张干燥发脆，仿佛碰一下就会化成粉末，但小鸟们却依然担心地注视着小鸟叔叔。为了避免薄荷刺激到眼睛，他更用力地将脸埋进靠垫里，紧紧地闭上眼睛。

去宾馆上班前，小鸟叔叔去了趟幼儿园，发现后门被锁住了。那是一扇和栅栏一样古旧的，甚至不能称为门的简易入口，如今也挂上了一把挂锁。不管怎么拉，怎么推，只听见嘎啦嘎啦的声音，门一直没开。这种情况以往从没有碰见过。刚刚上满机械油的新挂锁，黝黑发光，看上去非常坚固，与剥落斑斓、生满铁锈的大门形成了鲜明对照。

小鸟叔叔从栅栏的缝隙间看了一下里面。文鸟们并没有异常，除了辅助饲料没了、卷心菜枯了这两点让他有些在意以外，水挺干净，饲料还够，文鸟们精神奕奕地飞着。孩子们还没来，教务处的窗子上隐约映出了人影。

小鸟叔叔犹豫着是要大声喊一下老师，还是绕到正面的玄关去，或者干脆等下班回来再打扫。正在犹豫时，园长的身影从攀登架的另一侧向他走来。园长双手插在围裙口袋里，眼睛看着脚尖，不看小鸟叔叔一眼。

"早上好。"

"早上好。"

打过招呼，两人隔着栅栏沉默了片刻。和已经隐退成为名誉园长的老园长以前还说过几次话，和新园长几乎就没交流过，小鸟叔叔有些茫然。不知道该如何继续对话，只好静静地等着对方打开这扇门。

"那个，这个……挂锁……"

就在小鸟叔叔好不容易开口时，园长也忽然发话了，仿佛要故意打断他接下来的话一样。

"作为幼儿园的方针，我们要对门窗更加注意。"

园长又瘦又矮，皮肤很白，手、脚、躯干和手指，身体的每个部分都很纤细。她的脸上没有化妆的痕迹，新洗过的围裙没有一个斑点，浑身散发出淡淡的肥皂和护手霜的香味。

"是，那样比较安全。"

比起小鸟叔叔的声音，文鸟的喧闹显然更具声势，回荡在寒冷的空气中。

"这也是监护人的强烈要求。"

园长似乎并不在意他说了什么，两人的视线隔着一道栅栏分别在脚尖和挂锁上擦过。

"所以，"园长咽了一口口水，"我们决定，贯彻不让无关人员进出的规定。要是有人随意进出照顾小鸟起居的话，有的监护人好像也会感到不安。"

"原来如此……"

小鸟叔叔终于明白了，眼前的挂锁并不仅仅针对可疑分子，更是将自己排除在外了。

"您一直那么热情地帮助我们，现在却变成这样，我们也很难受。请谅解。"

一直低着头的园长此刻更是深深地低下了头,身体看上去更小了。但比起歉意,她的语气中更多的是希望尽快结束这番对话的焦虑。

"没事,没关系,没什么的。"

小鸟叔叔尴尬地说。

"那,今后由哪位来照顾鸟舍?"

想问的也就这个了。

"我会让实习学生做的。"

她的语气仿佛在说,照顾小鸟这种事谁都会做,不一定非要你来。

"请不要担心。"

园长说完,转身就小跑着回了教务处。

"请把卷心菜换成新鲜的,然后给它们加点贝壳粉和碎蛋壳,文鸟需要摄取钙质的。为了更好地唱歌,它们需要钙质……"

小鸟叔叔朝着园长的背影大喊,背影再也没回头。仿佛为了回应他的声音,文鸟们一只紧接着一只,唱起了求爱的歌。

慢慢地,小鸟叔叔察觉到有传言说自己和诱拐幼儿的事件有关。骑自行车时,能感到一些陌生人的视线,听到人们窃窃私语"kotori"①。他们口中的"kotori"指的并不是天上飞的小鸟,而是掠走孩子的"kotori",告诉他这点的还是青空药店的店主。

"所以我才提醒你注意一点啊!"

店主在小鸟叔叔耳边悄声说。

"那个,请给我一直买的膏药……"

但他能说的,也只有这句话。

挂锁事件之后,幼儿园那边没有任何联系。小鸟叔叔想着至少得和名誉园长道个谢,但据青空药店店主说,园长已经住进高龄患者专用的医院,连自己曾经当过幼儿园园长这件事都彻底忘了。当时最早察觉到哥哥的异样,叫来救护车的就是园长老师。她曾那么多次邀请自己吃过点心再走,为什么就没有听话呢?小鸟叔叔追悔莫及。坐在母亲、哥哥和小鸟胸针前,他闭上眼,在心里默默献上对园长老师的感谢之情。

他很难再靠近幼儿园。明明问心无愧,只要和平常一样就可以了,但就是缺乏勇气。有些家长路上看到他就慌忙躲进小路或紧紧拽住孩子的手,小鸟叔叔也不知道是该抗议还是该抱

---

① kotori,日语中"小鸟"和"诱拐儿童"的发音均是 kotori。

歉，脑海中一片混乱。为了镇静下来，只得拼尽全力踩脚踏板。

鸟舍前的小巷是从家到宾馆的近路，要绕开的话就只能走到大马路上绕个大远。连接了自家、青空药店、鸟舍和宾馆的路线，就像哥哥制作的小鸟胸针一样，描绘出一个不可撼动的形状。想要从中跳脱出来，不知会有多艰难。独自再探索一条不知通往何处的未知路线，最终会从空中坠落吧。

有时候实在按捺不住，小鸟叔叔会趁着天还没亮去看鸟舍。小巷中还没有行人，幼儿园里当然也没有人，他终于可以和小鸟们度过片刻亲密时光。不管多早，小鸟们都是醒着的。它们用嘴梳理羽毛，"吱吱"低鸣着从栖木跳到铁丝网上活动起身体，发现了小鸟叔叔，也没有闹腾。

只是那么短的时间，小鸟叔叔已经完全不认识这里了。倒也不是多了什么东西，或者少了什么东西，但从装饵料的方法到放水槽的地方，无一不陌生。小鸟叔叔花了那么长时间，将打扫几乎演练成了仪式，一旦有外人插手，就会非常突兀。栖木正下方的水杯里面落了粪便，秋千的绳子缠在一起失了平衡，角落里的清扫刷靠墙放着。明明拼命拜托过园长，卷心菜还是无影无踪，贝壳粉和碎蛋壳也没有得到补充。但是小鸟们没有表现出丝毫的不满，这让小鸟叔叔更加如坐针毡。

如果是自己的话,现在就会洗掉水杯里的粪便和黏液,用刷子清洗干净,倒进很多新鲜的水,放到鸟舍角落而不是栖木下面。秋千绳子自然也会重新整理好,让它们可以站上去。旧饲料全部扔掉,换成掺了贝壳粉和碎蛋壳的新饲料,丰富它们的味蕾。地板打扫应该要花一点时间,他们是怎么让地板脏到这种程度的?黏黏糊糊的,长靴印不就留在上面了吗?就因为那样放清扫刷,刷毛才彻底受损了。这个都不能用了,还不赶紧新买一个……

　　鸟舍就在小鸟叔叔的眼前,似乎伸出手就能抓到清扫刷。但这之间,正是哥哥绝不会跨越的距离,现在正被挂锁守卫着。

　　朝霞染红了东山,向着幼儿园屋顶扩张,夜晚逐渐退至天空的边际。鞋柜、游戏室的窗子和攀登架正一点一点从雾霭中浮现出来,文鸟耳环的女孩是哪双鞋子呢?小鸟叔叔呆呆望着教室前长长一排方形鞋柜。抓着栅栏的手和耳朵都冻僵了,失去了知觉。银杏树下的"小鸟墓园",依旧留着上周的残雪。这时,正面玄关处传来了自行车的刹车声,好像是某个员工来上班了,刹车声混在大马路上传来的车流声里。

　　"让他们好好疼你们哦。"

　　小鸟叔叔对着小鸟说。

"我虽然没法经常来听你们唱歌了,但哥哥还是和以前一样,一直在这里。"

他一边说,一边抚摸着栅栏上的凹陷。

"那,再见了。"

耳朵冻僵了,但是他清楚地听到了小鸟们的歌声。

小鸟叔叔在院子里烧掉了幼儿园孩子们给他的感谢信和纪念胸章。

"小鸟叔叔,谢谢您为了小鸟们,一直打扫它们的鸟舍。"

不知重复过多少遍的话早已烂熟于心,最后一次,他念出了声。用手指抚摸着水蓝色蜡笔写成的"小鸟"二字,耳边回响起孩子们叫着"小鸟叔叔、小鸟叔叔"的声音。他从未想过,小鸟中竟然藏着孩子。纤细的腿和小得可怜的爪子,飘落的羽毛和翻飞的罩衫,坚硬的喙和湿润的唇。小鸟与孩子的形象交替出现,最终重叠在一起,无法区分。不知不觉间,食指染上了水蓝色。

把感谢信和纪念胸章放到别院的废墟上,用火柴点上火。立刻升起一团小小的火焰,但还来不及把手伸过去取暖,就熄灭了。感谢信和胸章收缩着成了灰烬,被风吹散在空中。小鸟叔叔觉得身上比点火前更冷了。

镇上的人们已经不再提及甚至差不多忘记这件事情的时候，报纸上终于登出犯人被抓的消息。犯人是个六十二岁的老头，以前销售百科辞典，他说"孩子太可爱了，忍不住就上去搭话"，对于其他罪行也供认不讳。小鸟叔叔凝视着犯人的照片，不管怎么仔细观察，照片上都是一个陌生男子。当然，也不是虫盒老人。

犯人被捕后，小鸟叔叔的生活没什么变化。幼儿园没有联系他，当然也没有让他重回鸟舍管理员岗位的意思。挂锁依然在那里。还是有很多人看到他就窃窃私语"kotori、kotori"，或者慌慌张张转移视线。

鸟舍飞快地褪去了以往的面貌。地板、秋千、栖木沾满粪便，饲料受潮变了色，水杯里漂着水藻，圆巢掉在地上失去了原本的作用，地上的空心砖被杂草覆盖，房顶上堆满了银杏的落叶。小鸟一只接一只地减少，只剩空洞愈加醒目。尽管如此，剩下的小鸟们依然来回飞舞，向着已经不存在的对象拼命唱响求爱的旋律。每次拍打翅膀，就有几根灰色的羽毛飘落在泥泞的地板上。

小鸟叔叔什么也做不了。不忍看见它们令人心疼的模样，却又不能弃之不顾，最终还是一次又一次地站到鸟舍前面。他也曾悄悄希望，园长看到自己的话也许会重新考量对待鸟舍的做法，但事实证明，这只是徒劳。即使他在那里站上几十分钟，园长都不会出来。偶尔，身影在教务处的窗子前闪过，也很快消失在深处。

就像失去主人后变成废墟的别院，就像季节过后干枯掉的金钟虫一样，鸟舍也衰败了。最后一只死在漫长冬天的尽头，当时毕业仪式刚结束不久。"小鸟墓园"的土壤看着很柔软，泛着黑光，应该是已经顺利埋葬了。没有小鸟的鸟舍十分荒凉。

没过多久鸟舍被拆除了，在开学仪式前，一丝痕迹都没有留下。小鸟叔叔唯一感到慰藉的，就是哥哥不必亲眼目睹这样的光景。

十一

鸟舍消失后不久，小鸟叔叔辞去了宾馆的工作。六十岁到了退休年龄之后，他以合同工的形式继续在那工作。但公司突然决定放弃宾馆这个产业，成了退休的契机。当时，公司公式化地通知合同将不再续签，没有说明具体原因，也许和诱拐儿童事件有某些关系吧，反正问了也不会有任何不同。而且，宾馆自从面向公众开放以后日渐嘈杂，失去了原有的平静，对他来说已经不是一个舒适的工作环境，更何况还有头疼的问题，眼下正好是辞职的好时机。

宾馆卖掉前的最后一天，这里邀请了总部的董事、生意伙伴和工作人员召开告别晚宴。大厅里摆着各种各样的食物和饮料，管弦乐器演奏着音乐，玄关大厅的墙上悬挂着曾经到访的重要人士的照片。在场的每个人都潇洒精致，一边喝红酒夹芝士，一边谈笑风生。有一群人正赞美着玫瑰园的美丽，有一群人起劲地谈着工作上的事（虽然与宾馆无关），还有的人在露台上无言地抽着烟。这个晚宴说是为了感谢已经完成使命的宾馆及史上工作年限最长的管理员而举办的，但几乎没有一个人向小鸟叔叔表示过关切。在这个特殊的夜晚，他就像往常无数次招待宾客时一样，小心翼翼地注意着不让自己的影子落到客人们的脚边，不影响任何人的视野，以管理员的身份用身体最熟悉的姿态度过了。

只有一会儿，小鸟叔叔被主持人拉到前方，让他说几句离职致辞。他不情不愿地拿起话筒，鞠了一躬，用细微的声音表达了谢意。但声音没能传到身处喧闹大厅的客人们耳中，有不少人都没弄明白为什么他站在那里。"再大声一点，大声一点！"主持人不停地向他示意。管弦乐队的演奏者们有些困惑，不知道什么时候该继续演奏。

握紧话筒，小鸟叔叔清了清嗓子，正打算说得响亮一些时，嘴里冒出的却是绣眼鸟的叫声。

"吱啾吱啾吱吱啾吱吱啾吱、吱吱啾吱吱啾吱啾——"

他自己也无法解释为什么会这样，好像除此之外就没有办法说得大声一样，等回过神时已经唱出了绣眼鸟的歌。

叫声非常婉转，是哥哥教导以来演绎得最好的一次。音符们一个一个跳到天花板上，融进枝形吊灯的光芒里，瞬间响彻了大厅。小鸟叔叔能感觉到自己的舌头微微颤抖发出微妙的韵律，关节在顺畅地活动，气息长得似乎可以一直延续下去。

喧嚣停止了。人们自然地伸长耳朵开始聆听，不太明白到底发生了什么。有人转脸看向窗户的方向，以为飞进了迷路的小鸟。很快，有人发现是眼前的这个男子正在展示绝技，开始拍起手来。啪啪，拍手声传播开去，勉强成了鼓掌。掌声飘忽，根本不及绣眼鸟的叫声，中间还混杂着几声"kotori、kotori"的私语。小鸟叔叔将话筒还给主持人，回到了人们视野所不及的地方。绣眼鸟的歌声将散未散，喧嚣又重新回归，转眼间大家就忘记了他的存在。

从露台走进院子，小鸟叔叔朝着凉亭走去。幸好，这里没有人。大厅里透出的灯光、几盏庭园里的灯以及空中一轮小小弯月映照着玫瑰园，但这里依然安静，盛开的鲜花在夜色中低垂着头。耳畔残留着鸣啭的余音，舌头还是麻的，小鸟叔叔脑海中一片空白，呆呆地坐了下来。他回想起和哥哥吵架头一次午休没回家，哥哥死后每天一个人吃面包，与图书管理员一起谈论候鸟，所有，记忆轮番浮现，内心波澜不惊。音乐与喧嚣在抵达凉亭之前就被夜空吸收，小鸟叔叔耳朵里回响的只有野鸟、幼儿园的小鸟以及候鸟们美丽的歌声。只要能听到它们的歌声，就足够了，没有必要为离开熟悉的工作场所伤感，也没有必要为再也见不到的人难过。

"打扰一下……"

身后忽然传来声音，小鸟叔叔回头一看，身后站的是一个女服务员。

"要尝一个吗？"

她将手中的托盘递了过来，上面摆着巧克力。

"谢谢，但我不吃巧克力的。"

小鸟叔叔说。

"是吗？那真是不好意思了。"

女服务员礼貌地说，随后离开了。夜色中飘来一丝丝甜味，但那也许只是幻觉。

第二天起，宾馆开始施工，最后变成了一家餐厅兼婚礼礼堂。小鸟叔叔再也没有去过那里。

辞职后，小鸟叔叔的头疼逐渐加剧。他下决心尽量避免服用止痛药，可每次都会输给疼痛，比医嘱多吃一粒、再一粒。膏药成了他片刻不能离手的护身符，不管外出还是睡觉，将它一天二十四小时贴在太阳穴上，觉得薄荷成分稍微淡去一点就立刻换上新的一张。皮肤发炎红肿，有时候流出脓水，但这种刺痛和头疼根本无法相比，反而可以使人暂时忘掉剧烈的头疼，因此他毫不在意地继续往同样的地方贴上膏药。

只要有空，小鸟叔叔就用剪刀将膏药剪成适合太阳穴大小的尺寸，装进以前存放波波包装纸的纸盒里。库存稍稍减少他就开始紧张，这时头疼更厉害了。小鸟叔叔每天数次打开纸盒清点里面的数量，觉得不够了，就立刻骑自行车去青空药店。

话虽如此，膏药其实并不有效。小鸟叔叔自己也很清楚，薄荷和刺痛一样，只是用来误导头疼的而已。但他无法离开膏药。辞去了工作，不能再打扫鸟舍，如今的小鸟叔叔除了买膏药并将它们剪成合适大小放进盒子里以外，再也没有可做的事了。只有和膏药打交道时，才微微感觉到自己正在做必须的事。

"所以让你去中央医院啊！"

这句劝告，青空药店的店主不知重复了多少遍。

"是个有名的医生，药品公司的人和其他客人也都这么说。不久前，面包房的老头子不知道为什么肚子疼，倒下之后就被抬到那边的内科了，然后啊……"

店主从货架上拿出膏药之前，必然会大力宣传中央医院一番。

小鸟叔叔终于下定决心去了一趟中央医院。不过，比起希望治好头疼，他更担心要是再不去的话，店主可能会不卖膏药给自己了。

"怎么样？"

"医生说我什么问题都没有。"

"咦，真的？"

"真的。"

他没有撒谎。拍了X光，又验了血和尿之后，医生告诉他的就是这句轻描淡写的"什么问题都没有"，就像以前哥哥去语言学家那里接受测试时一样。小鸟叔叔的内心某处其实早就预测到了这一结论。像波波语是哥哥内心的一部分一样，头疼也同样紧密根生在自己的大脑深处，不可能与自己剥离。

"说只要保证充足的睡眠，吃点有营养的东西，重新配一副老花镜，然后再做些简单的体操就够了。"

"嗬……"

店主明显不怎么信服。

她现在已经超过前任店主去世时的年龄,彻底成了一个老人,也不晓得有没有孩子可以继承店铺。店主的腰椎间盘突出比小鸟叔叔的头疼更严重,无法长时间站立,一直坐在垫了好几层垫子的木椅子上。她的后背伛偻,牙齿掉光了,下巴尖尖的,耳朵也不灵光,经常听不清客人要买什么。但长年累月培养出来的直觉还在,一旦确认药品名称,就能立刻抬起腰,将身体准确地扭向目标货架。

"不管怎么说,"店主挪动椅子,笔直地将手伸向放有膏药的货架,现如今,她能最快取出的商品就是小鸟叔叔的膏药了,"糖果也好膏药也好,你们兄弟俩还真是注定要来我这里买东西呢。"

"好像真的是。"

小鸟叔叔有些感慨地望着放在柜台上的膏药。膏药放在朴素的盒子里,盒子上印着药名,用这个盒子制作出小鸟胸针那样饱含深意的东西,自己是肯定不能的,小鸟叔叔心想。

疼痛总是来得猝不及防。就像一个发疯的巨人在头盖骨中挥舞榔头一般,疼痛缠绕、回响,产生共振,而后不断强大,成了旋律、节奏、和音俱全却完全跑调的音乐。它过度自大,下手不分轻重,即使堵上耳朵也不济事,挥舞榔头的巨人钻得更深，更加疯狂。

小鸟叔叔擅长控制耳朵，也很难不去听自己大脑中的声音。他陷入了错觉，仿佛自己变成了一个虫盒。一片黑暗的虫盒里潜藏着声音的魔鬼，随时准备开始发声，一旦开始就不知道何时停止。小鸟叔叔想要打开虫盒，但唯一知道开盒子的蝙蝠伞老人已经消失，不曾再出现。

如同老人将处女的油脂抹在虫盒上一样，小鸟叔叔将膏药贴在自己的脑袋上。薄荷的味道从鼻子里进入鼓膜，稍稍缓解了疼痛的振动。不管是骑着自行车穿行在镇上，还是在超市买东西，或者坐在公园的长椅上，小鸟叔叔盯着自己脚尖看的时间总是最多的。因为贴着膏药时眼睛很难睁开，头会低得比平时更厉害，视野狭窄很多。现在，即使闭着眼，他也能描绘出自己脚的形状。小鸟叔叔生活的世界愈来愈小，几乎没有他人进入的余地。偶尔有人看向他，说的也只是"kotori、kotori"。"kotori"到底是什么意思，没人记得清了，但小鸟叔叔还是那个"kotori 叔叔"。

早上起床之后，小鸟叔叔直接穿着睡衣来到院子里，将废墟上的鸟食台收拾干净，补上新鲜的饲料。到了换季时，花点心思调整下谷物、水果、牛油和坚果的配比，偶尔还会给小鸟们撒些蜂蜜蛋糕的碎屑作为点心。接着，他绕院子走一圈，看看野鸟们带来的种子有没有发芽以及它们喜欢的树木结出了多少果实。取完报纸回到家，换上一块新的膏药后，开始吃饭。小鸟叔叔为自己准备的早饭远不如给野鸟们的精心，也就是烧开水泡杯红茶而已。薄荷的味道过于浓烈，红茶的香味基本被掩盖，喝着跟白开水没什么两样。

白天太长，在夜晚到来前，小鸟叔叔有时候会去图书馆——不是分馆，是位于镇中心的主馆。分馆在他不知道的时间里已经关门了，现在那上面挂着"社会保险事务局"的招牌。借的依旧是与鸟有关的书。小鸟叔叔还是不断从庞大的书籍中救出那些鸟儿，但再也没有人称赞他的这项才能。每当站在柜台前递出手中的书时，小鸟叔叔会偷偷抬起盯着脚尖的视线，小心打量眼前的图书管理员是不是他想的那个人。这个毛病一直持续。

有时候小鸟叔叔选择去堤坝边的公园，或者去银行、政府办事处办些琐事，当然也会去青空药店。控制着自己的脚步，不经过通往幼儿园鸟舍的那条路。如果在家，就读书、听广播、加热罐装浓汤，重新开启哥哥死后就不曾继续的虚拟旅行，制作详细的行程表和行李清单。但整理行李的人已经不在，只能用订书机订好清单，收进桌子的抽屉里。这样，旅行就算结束了。

极偶然地会有客人来访。居委会主任上门投诉说放任不管的院子实在太不卫生，请想办法处理；醉鬼以为这是无人居住的空屋，闯了进来；葬礼公司的销售员按响了门铃，推荐葬礼基金。小鸟叔叔默默地看着，直到他们离开。

一旦头疼发作，他就将所有的心思花在镇痛上。除了膏药以外，另一个可以缓解头疼的办法就是听小鸟唱歌。打开南侧的落地窗，让脑袋暴露在室外的空气中，耐心地等待聚集到鸟食台上的小鸟们。有时候等很久小鸟们也不来，他只好一个人模仿绣眼鸟的叫声。如此，度过一天。

那是一个春意盎然的早晨，天空晴朗，万里无云，脑袋也难得轻松。也许是脑袋不疼的缘故，这天醒来的时间比以往晚了一个小时，朝阳已经照进卧室，鸟食台传来小鸟们的动静。那甜美的吱吱声是绣眼鸟吧，在吃昨天插上去的苹果吗？小鸟叔叔在被窝中迷迷糊糊地想着，倏然察觉到一种不同的声音混杂其中。不是平常的叫声，也不是鸣啭声，到底是不是小鸟发出的呢，不好判断。

为了找出来源，小鸟叔叔注意着不发出任何声响，小心翼翼地下了楼梯，穿过起居室打开朝南的窗帘。如他所料，首先看见的就是飞舞在盛开的四照花间的绣眼鸟，而混在它们叫声中的声音虽然快要消失,但无疑近在咫尺。

小鸟叔叔打开落地窗,正想将脚伸进水泥台阶上放着的拖鞋里,发现拖鞋里正蠕动着什么东西。他慌忙收回脚,当场跪了下来,将拖鞋抱了起来。

"好小……"

小鸟叔叔忍不住脱口而出的只有这个词。它的身体正好嵌在拖鞋脚底板的那块凹槽里,浑身上下诉说着:除了"小"这个词,我不需要任何其他的词汇。不过小鸟叔叔还是一眼认出来了,这是一只绣眼鸟的幼鸟。

它应该是撞到窗子上掉下来的,玻璃上还残留着一点血迹和几缕绒毛。要是直接掉到水泥地上就糟糕了,幸好旧拖鞋的橡胶部分起到了缓冲作用,接住了这只绣眼鸟的孩子。

身体忽然悬空,绣眼鸟仿佛察觉到了危险,拼命拍打翅膀想要起飞。但不知道是脑袋撞到玻璃导致神经麻痹了,还是伤着了哪里的关节,它的脚爪痉挛着不能伸直,翅膀也只是发出"啪嗒啪嗒"的声音而已。它张开嘴,发出了呼唤朋友的尖细叫声。但聚集在四照花上的绣眼鸟们正忙着吮吸花朵的蜜汁,压根儿没心思注意小家伙。

"不要紧的,别怕。"

小鸟叔叔小声说,轻柔地抚摸着它的羽毛。它那么小,单手就可以轻易地包裹住整个身体。

"不要乱来哦。"

仔细观察,除了头顶微微出血之外,倒是没有什么显眼的伤。感觉到人类的气息后,绣眼鸟更加用力地挤着嗓子发出了悲鸣般的声音,抻着脖子使劲抬高身体想要脱离小鸟叔叔的手掌。

"好了,好了好了。"

小鸟叔叔将绣眼鸟捧在双手中,以至今为止没有过的颤抖的心小心翼翼捧在双手中。它的身体那么轻,那么柔软,仿佛一不小心就会碎成一团粉末,却又十分温暖。这温暖证明了眼前的小家伙还是活着的。

第一次如此近距离观察绣眼鸟,小鸟叔叔发现它的毛色竟然挺复杂。从脊背到喉间是淡淡的黄绿色,翅膀上混杂着黯淡的褐色,肚子则是雪白的,这些颜色极为自然地融合在一起。随着光线和视角的变化,颜色又发生变化,让人说不好到底是哪种了。不华丽,沉稳朴素得可以随时让自己藏匿于树木,但同时又惹人怜爱。

只有嘴是不同的——和幼儿园鸟舍里那些小鸟一样。小鸟们的羽毛柔软,歌声甜美,但嘴巴坚硬无比。鸟喙锋利突起,尖端是锐利的,闪着黑色的光。

更重要的是眼睛周围那一圈白色，纯白无垢，仿佛用极细的毛笔勾勒出的一般。与文鸟的红圈形成了鲜明的对比。

为了避免小家伙过度拍打翅膀消耗体力，小鸟叔叔收拢了双手。绣眼鸟也稍微平静了一些，停止悲鸣，看着他的方向。它歪起小小的脑袋，像是在对焦，又像是在思索，直直地看向他的眼睛。瞳孔比水珠更小，但黑得深不见底。

小鸟叔叔立刻忙碌了起来。从储藏室里拉出纸箱和旧毯子，让绣眼鸟在里面暂时休息。接着翻开电话簿，查询动物医院的地址。在医院开门前的这段时间里，从哥哥的书箱里找出有关饲育小鸟的书籍，匆匆浏览一遍重要目录，琢磨着厨房里有哪些适合盛水的器皿。来到纸箱新窝，绣眼鸟又开始惊惶不安，嵌在毯子褶皱间，再度"吱吱吱吱"地鸣叫了起来。

"好、好，知道了。再稍微忍耐一会儿。"

小鸟叔叔探头朝纸板箱里看了看。一时它安静了下来，可一转头，又发出了抗议的叫声。

为了避免毯子盖住导致小家伙窒息，小鸟叔叔花了好一番心思才将毯子折好，铺在纸箱的底层，最后合上盖子把纸箱捆在自行车的后座上。动物医院在以前的宾馆附近。这条路本是他非常熟悉的，但一路上总是担心小家伙会不会从盖子缝隙里飞出去，会不会因为震动导致伤口恶化，一路心神不宁。这事得急，却慌不得。小鸟叔叔自然毫不犹豫地选择了近道，也就是幼儿园的小巷。他压根儿没去注意鸟舍遗迹、银杏树下的坟墓和栅栏，就这么穿过了。身后传来生锈的车轮声和绣眼鸟的叫声，小鸟叔叔认真地踩着脚踏板。

小家伙的左翅骨折了。兽医安抚了一下它，按住后将翅膀扳回正确的位置，用绷带将其与身体固定在一起。医生一边包扎，一边说："可能脑震荡，得暂时休养一段时间，给它吃点易消化的饵料。"他的手法看上去又原始又粗暴，小鸟叔叔不禁提心吊胆，但小家伙看着不太痛苦，反而因为不用继续动弹疼痛的部位颇有些神清气爽的意思。治疗一结束，它就像一般野鸟一样发出短促的叫声，两条腿在诊疗台上蹦来跳去，爪子咯吱作响。

回家路上，小鸟叔叔走进青空药店买了滴管和奶粉。

"啊，好难得！"

店主惊讶得抬高了音量，"不是糖果也不是膏药，竟然是滴管和奶粉啊。"

她在"奶粉"一词上格外用力。

"是的。"

"这是发生什么事了？"

"那个，不好意思，我有点急。"

小家伙还被绑在自行车的后座上。

"啊,不好意思、不好意思。对哦,人生在世难免会碰到各种各样的情况嘛。那,是几个月大的?不同年龄段,奶粉的种类也不同。奶粉在那边,选个合适的就行。滴管的话,应该在这块地方……"

店主抻起不太方便的腰,努力将货架最上层的一个盒子拖了下来。尘埃随着一起飘落了下来。

"这种是塑料材质的,便宜,你看行吗?以前有那种实验室里用的、玻璃材质的,可漂亮了,但不知道让我放哪里去了。"

"不用了,这个就行。"

"膏药怎么说,今天不买了?"

店主提醒了一句。其实正需要补充一盒,但眼下尽快回家的念头更加强烈。

"不买了,我下次再来。"

小鸟叔叔将装着滴管和奶粉的袋子塞进自行车前的篮子里,飞快地跨上走了。太阳穴上的膏药是昨晚贴的还没有更换,干巴巴的,什么味道都没有了,但他完全没有察觉到。

小家伙的翅膀被一圈圈裹了起来,看着有些滑稽,仿佛在成长为鸟儿的过程中出现了什么失误一样。不管是走还是跳，脚步都有些颤颤巍巍，身体的轮廓失去了平衡，看着更弱小了。很明显，它已经不能再飞了，只要装进纸箱里暂时就不会逃走了。小家伙好像终于明白毯子是个温暖安全的地方，神经质地啄了一阵子纸箱后找了个舒服的地方蹲了下来。只有一对眼睛，不知是戒备还是好奇，滴溜溜地转个不停。

纸箱放在餐桌上，小鸟叔叔一边准备饵料一边注意着它。将小米（之前为鸟食台买来的）倒进臼子里捣碎，撒上一勺奶粉，再用热水冲开搅拌均匀。舀一点放在手背上确认温度，用滴管吸起一些。

喂食比小鸟叔叔想的艰难许多。在捣碎小米、打开奶粉罐的时候，小家伙就感觉到了食物的气息，在盒子里闹腾起来，发出与之前截然不同的叫声。仿佛在催促，又仿佛在责备慢工出细活的小鸟叔叔一般，高亢的叫声有节奏地响彻整间屋子，让人听了，无法对它视而不见。

好不容易完成了准备工作，小鸟叔叔右手拿着滴管，左手抱着绣眼鸟。它似乎饿到了极点，无法控制自己，脚爪着急地搔着小鸟叔叔的手掌，裹在绷带下面的翅膀啪嗒啪嗒地挣扎着，嘴巴深处的舌头仿佛拥有了自己的意志般急不可待地蠕动着。

"别急,不要着急。"

小鸟叔叔这话既是对绣眼鸟说的,也是对自己说的。

第一下挤出的食物太多,几乎从小家伙的嘴里溢了出来。但它又想一口气吞进去,结果噎得十分难受,全部呛了出来。难得的饵料就这样掉在了胸前。

"还好吗?"

小鸟叔叔慌忙摩挲它的后背,小家伙却满不在乎,反而更加激动地催促着,仿佛在说"没时间跟你磨蹭,快点给我更多,更多"。

抱着小家伙身体的左手,抓着滴管的指尖,以及滴管头的角度,每个细节都需要小鸟叔叔全神贯注。他的额头沁出了汗水,膏药快要脱落,终于逐渐掌握了窍门:为了顺利将食物送进嘴里,应该怎么配合它的呼吸;为了让它顺利吞下食物,吸管要伸进嘴里多深;应该在叫声的哪个间隙挤出食物。目不转睛地注视着,小鸟叔叔觉得其实是自己在吸食滴管里的食物,口中也变得黏黏糊糊。

虽然洒了三分之一左右,但总算是喂它吃完了。小鸟叔叔松了一口气,刚把滴管放下,小家伙却忽然挺起身体,猛地发出了抗议。

"为什么停了?谁说要停的?这不是才刚刚开始吗!快点,

赶紧滴,不要磨蹭!"

就像理解哥哥的语言一样,小鸟叔叔理解了绣眼鸟所说的内容。它的叫声如约进入他心中的那个地点,没有丝毫的勉强。

小鸟叔叔再做了一份食物。不能一次性做太多,哥哥留下的书里说还在嘴对嘴喂食阶段的幼鸟是不能吃冷食的。

"知道了,食物有很多,不用担心。"

他努力解释,可小家伙打定主意在滴管进入嘴里之前,决不放慢催促的节奏。

小家伙对食物的渴求没有尽头。小鸟叔叔逐渐害怕了,那张嘴的深处到底是多大的黑洞?也许是心理作用,总觉得左手上的重量比开始时增加了一些,藏在绷带里的肚子也突了出来,但它还是吃得十分起劲。动用起全身的力量,不断吞吐着舌头,时刻盯着小鸟叔叔的手。

突然,小家伙"呃"的一声吐出了食物。看来是暂时吃饱了。

"已经可以了吧?"

黑洞不是无边无际的,小鸟叔叔心里的一块石头落地,松了一口气。小家伙的身体和小鸟叔叔的手都脏了。可不能让细菌进入伤口,他用湿毛巾为它擦拭了好几遍,放进纸板箱里躺好。之后，它舒舒服服地拉了一坨屎。

十二

小鸟叔叔感到最接近绣眼鸟的时候，是夜晚躺在床上闭上眼睛之后。放在卧室角落里的纸板箱隐藏在黑暗中，吃饱了肚子的小家伙正在甜美地沉睡，忙碌了一天的眼睛和舌头都安静下来，嘴也闭上了，尾翼低垂着。毯子温柔地包裹着受伤的翅膀，纸板箱高高耸立，小家伙是安全的。

他能清楚感受到这个生物散发出的气息。睡着后与催促的鸣叫似像非像的细小呼吸，随着呼吸上下起伏的圆滚滚的肚子，渗入毯子里的体温，这些都清晰浮现在眼皮背后。眼睛分明已经闭上了，却可以看见各种各样的东西，甚至能听到心脏跳动的声音。小家伙的心脏是不是和银杏果实差不多大呢，放在手心上就会让人忍不住想要含在嘴里那样。应该是覆着果冻一样的膜，透着淡粉色，扑通扑通有如呢喃一般跳动的吧。小鸟叔叔竖起耳朵，倾听它的呢喃。

有谁就在自己的身边，小鸟叔叔再度感受到这个事实。这是哥哥死后，很久没有感受过的。与哥哥相比，小家伙的身形几乎为零，单薄得似乎一只手就能捏碎。它和自己没有血缘关系，甚至连人类都不是，却轻易地深入到自己的内心，这是为什么呢？小鸟叔叔十分不可思议。这不可思议引领着他进入了没有疼痛的睡眠中。

根据兽医的诊断，小家伙还需要大概三周才能重新长好骨头，振翅高飞。小鸟叔叔的生活重心完全变成了这只绣眼鸟：每隔四个小时（即便是半夜）喂它食物，根据兽医的教导重新绑好绷带，不时地清洗毯子晾在阳光下，早上伴着它的歌声起床，晚上与它一起同眠。

小鸟叔叔无数次想，如果哥哥还活着该多好。哥哥虽然干净利索地拒绝了养一只小鸟的提议，但如果是这种情况的话，他一定能比所有的人更温柔更细心地照顾它，宛如举世无双最优秀的护鸟工一样。

但小鸟叔叔没有时间沉浸在伤感中，不管与哥哥相比如何，他都必须完成此时要做的事。一切都以这只绣眼鸟优先，头疼自然也不例外。小家伙不喜欢薄荷的味道，小鸟叔叔干脆地中断了贴膏药的行为。

照顾完小家伙后，小鸟叔叔还是一直盯着纸箱。做饭时放在餐桌上，读书时放在书桌上，听广播时搬到客厅的桌子上，这样，一有事就能立刻注意到。只要不饿着，小家伙绝不会提什么无理要求。即使缠满绷带，也没有丝毫不满，自己重新探索平衡感，愉快地四处走动。有时，把嘴伸进毯子的褶皱里翻找些什么，腻了就缩成一团休息。

小鸟叔叔偶尔会将哥哥的小鸟胸针凑到它的面前，逗它玩。就是第一个作品，柠檬黄的那只。小家伙起初还戒备着，躲在角落里观察，但很快就输给了好奇心。它伸出脖子，一步一步走近，最终将小鸟胸针从头到尾甚至包括里侧的回形针都啄了个遍，好似在抱怨："你这家伙，这样大张着翅膀，有点太高调了哦！"小鸟胸针一副与己无关的表情，全凭它摆布。

就这样看着，时间在不知不觉中流逝。小家伙和小鸟叔叔之间没有栅栏，也没有鸟舍，它比幼儿园里的小鸟们更加依赖他。

小家伙整天都在叫。天气晴朗的上午尤其是院子里聚集了很多小伙伴们的时候，它就像一般小鸟一样发出"吱吱、唧唧、吱吱"的叫声，与想要吃饭时忘我的叫声不同；当广播里流淌出音乐的时候，又会发出竞争意味颇浓的鸣叫；万籁俱寂的时候，还会向着看不见的谁自言自语。家里的每个角落都能听见它的声音。连极少打开、积满了灰尘的父母的卧室和塞满了书、从未整理过的装饰书柜里，都吹进了活物的气息。

把小家伙留在家里单独外出是一件非常艰难的事。有时候要去买更换的滴管，有时候要去邮局取钱，这时小鸟叔叔总是担心得不得了。他也说不清到底担心什么，只是一想到要把绑了好几圈绷带的绣眼鸟放在家里，就会坐立不安。为了早去早回，小鸟叔叔拼尽全力踩着自行车，干脆利落地办完事，气喘吁吁地冲进玄关。往纸板箱里一看，自然，绣眼鸟还在里面。

小家伙疑惑地望着小鸟叔叔，仿佛在问："怎么了，为什么这么惊慌？"

"有什么事吗？"

"没，一切如常。"

小鸟叔叔更认真地检查，它开始不停地左右摇晃脑袋。虽然翅膀受了伤，虽然不能飞翔，但是它的灵敏和智慧丝毫没有受损。

很快，小家伙康复了。步履矫健，身体有了圆润的弧度，头顶的伤口已经长好，被新的绒毛覆盖，它每餐的间隔变长了，夜里也不用吃食，但是饭量却变大了。配合着它的变化，小鸟叔叔调整了食物的配方。小米中加入了更多的贝壳粉和青菜，不时地还会喂些用苹果汁泡涨过的蜂蜜蛋糕。小家伙吃得十分投入，但如果是没吃过的味道时，会有一瞬犹豫，缩回舌头仔细思考食物是否安全。一旦确认安全，就会狼吞虎咽。蜂蜜蛋糕是它的最爱，它一边瞅着小鸟叔叔仿佛在说"以前把它藏到哪里去了",一边不断要求加量,就差把滴管整根吞下去了。

"慢慢来。"

"没人跟你抢。"

"听话,听话,乖孩子。"

"好吃吗?"

小鸟叔叔不断地自言自语。不,不是自言自语,我在和小家伙说话呢。他想,随即惊讶地发现自己竟不知不觉说出了波波语。小鸟叔叔可以理解波波语,但一直不会说。哥哥死后,更是从没听过。然而此时此刻,面对绣眼鸟脱口而出的确实是久违的波波语。当然,目前只是回想起了一些单词,还不能像哥哥一样一口气说出很长的句子。小鸟叔叔并没有忘记波波语。

小鸟叔叔一开口,小家伙就将脸转过来。只要有人发出声音,自己就有义务去听,这是它的态度。从来不会无视对方、装作听不见或者表现出厌烦。

小鸟叔叔准备食物的动作也变得敏捷了,可以凭感觉准确地测量浓度、重量、温度。当左手碰到小家伙的身体时,自然而然就能找到最适合的力道抱起它。

"来,吃饭了。"

"吃饭"，这是小家伙最熟悉的波波语。不管收音机里的音乐多么嘈杂，不管院子里有多少野鸟在叫，它都不会听漏隐藏于这个词的动人音律。而这时，小鸟叔叔也会十分自豪，仿佛自己正是奏响这音律的主角一般。

每次，小家伙总是将嘴张得大大的，蠕动着舌头向他发出信号："这里，是这里哦！"小鸟叔叔用滴管碰碰它的嘴巴边缘，表明"我不会插错地方的"，贴着嘴巴下部将滴管稍微往里推进一些，小心地注意着不弄伤它柔软的口腔，同时瞅准舌头蠕动的间隙，用食指和拇指挤出合适的量。小家伙滚动着喉咙，一滴不浪费地吞下了所有的食物。小鸟叔叔的掌心，清楚感觉到食物滑进了它身体内的黑洞。

小家伙再张开嘴，小鸟叔叔再重复一遍同样的动作。嘴巴，舌头，指尖，掌心，两者用身体发送信号，接收并理解，形成了一个流畅的程序。不僵硬，不犹疑，看上去小家伙仿佛成了小鸟叔叔手掌的一部分，小鸟叔叔的手指仿佛又成了小家伙的一部分。

偶尔，视线会相遇，这时，连波波语都不再需要。白圈环绕的深处是深不见底的黑色，那里清楚倒映出的正是小鸟叔叔。

小家伙安静地等待着，眼都不眨地等着小鸟叔叔只为自己准备的所有。

这天早晨，和遇见小家伙那天一样万里无云，天气十分温暖。朝阳洒进客厅窗边的纸箱里，院子里的树叶闪烁着浓郁的绿光，鸟食台上一反常态地聚集了许多野鸟。小鸟叔叔坐在沙发上看报纸，忽然发现纸箱中传来的叫声与昨天稍微有些不同：叫声比平时更悠长，但还不成章节，有些模糊。起初以为是没精神，但仔细一听，那不是向外界倾诉的音调，反而带点自我审慎的味道。小鸟叔叔合上报纸，朝纸箱里看去。小家伙没有察觉到小鸟叔叔的视线，将脸朝向纸箱一角，歪垂着脑袋继续鸣叫。窗外的野鸟们自由自在地飞舞，对它茫然的叫声毫不在意。

小鸟叔叔忽然明白了，它是在歌唱，试图唱出求爱的歌。至今为止都没想过它是雄的还是雌的，现在看来无疑是雄的了。

为了让它能更好地听见那些前辈野鸟的歌声，小鸟叔叔打开了窗户。不巧，鸟食台上没有绣眼鸟，只站着几只麻雀和白头翁。即便如此，小家伙还是想要唱出绣眼鸟的歌声，正用伤口刚愈的小脑袋努力地思考着。至于歌声，在它掉落至拖鞋之前是父母就已经教过的，还是它生为绣眼鸟时已经镌刻在身体中的，就不知道了。无论是哪种，现在都应该开始歌唱了。

小鸟叔叔稍微犹豫了一会儿，模仿起绣眼鸟的叫声。他其实没有自信，只是按照以前哥哥教的样子吊起喉咙，振动舌头，噘起嘴从唇间往外吐气。

"吱啾吱啾吱吱啾吱吱啾吱、啾吱吱啾啾啾吱——"

小家伙立刻抬起头，向他靠了过来，想听得更清楚。小鸟叔叔叫了一次又一次，它模仿着也开始鸣叫，但音不太稳，有时在中途戛然而止，叫得不是很好。于是，小鸟叔叔陪着它，不断引导和鼓励。

"嗯，不错，不错！"

每当小家伙唱出比较长的一段音符时，小鸟叔叔就会表扬，就像以前哥哥教自己时那样。受到表扬总是开心的。

"不错，不错。"

小家伙也懂这句波波语。听见这句话，它会将两条腿站得更加笔直，挺直身体以便小鸟叔叔能更清楚地听见自己的歌声。就这样，两人一起度过了上午。

小家伙唱得越来越好了，气息变长，一口气能唱出更多更复杂的旋律，高低起伏，音色也圆润华丽。偶尔唱得不太流畅，就露出一副"啊呀，犯错了"的表情，立刻重整旗鼓重新再来。自己觉得唱得好了，就抬起头望向头顶，期待着小鸟叔叔说些表扬的话。

小鸟叔叔有时候不能陪它，它也会独自温习。这时候的声音最让人喜欢。一起歌唱固然是愉快的，但没有人陪伴时，它的声音里饱含了无人能干涉的拼命和震撼人心的神圣：现在的歌声还不足以献给别人，只能一边回想范本一边唱给自己听。在没有杂音侵扰的角落里，小家伙身体前倾（比和小鸟叔叔一起练习时更前倾），一直紧紧盯着纸箱上的一点。

小鸟叔叔在稍远的地方观察它。此时它倾听的不是外界而是自己的声音，这样的它看上去竟然那么聪明贤惠。小鸟叔叔一边惊讶，一边安静地在旁边守护。

这样过了一段时间，骨头顺利地接好，拆掉绷带的日子逐渐临近。

"是不是马上把它放回外面比较好？"

小鸟叔叔向兽医询问。

"最好让它再习惯一下翅膀，练习飞行，等体力恢复些再放回外面吧，这样比较安全。"

小鸟叔叔之前在想可能该将它放生了，听到兽医的回答后不由得松了一口气，如此就能跟小家伙多待一段时间了。

他立刻去了百货商店的宠物用品专柜，买了鸟笼。鸟笼的种类很多，小鸟叔叔一个一个看下来，最终选择了一个没有多余装饰、一根栖木从中穿过的竹制笼子。巧的是，笼子正好是咪棣商会的产品。

"鸟笼，并不是为了禁锢小鸟而存在，是为了给予它们相称的小小的自由而存在。"

小鸟叔叔想起了《咪棣商会八十年发展史》中的这句话。同时，坐在阅览室椅子上的感觉、借书卡的形状、盖章的声音和图书管理员那句"还书日期，是两周后哦"，所有的记忆同时复苏，心跳瞬间加快了。为了将这些记忆甩在脑后，小鸟叔叔抱起鸟笼快步走出了百货商店。

拆除绷带进驻到鸟笼之后，小家伙马上有了鸟类的样子，恢复了原本的轮廓与平衡感，自由自在地拍打着翅膀。脚下的触感从毯子变成了竹子，它却没有丝毫的犹豫，伸展全身踮起双脚，仿佛随时准备起飞。

"哎呀，别急啊。"

小鸟叔叔说，"骨头再断就完蛋了。"

很明显，小家伙的翅膀已经恢复完毕，丝毫不见被固定过三周的模样，舒舒服服地对称展开，暗褐色的羽毛充满了精神气。

小家伙很快就熟悉了鸟笼，纸箱被彻底抛至脑后，仿佛从一开始这鸟笼就是它的巢穴一样。"如你所见，我很好。"它玩起栖木，满是骄傲的表情。

此时，小家伙已经不需要吃那些糊糊，可以独自进食谷物和粉虫了。也就是说，不久它就可以起程了。

为了那一天，小鸟叔叔下定决心，不再触碰它。有时候太怀念那份温暖，忍不住伸出左手，但最后都忍住了。和纸箱不同，笼子口很小，小鸟叔叔的手只能伸进去一部分。

不知道是不是因为换了住处和食物，小家伙自从搬进鸟笼后唱歌水平更上了一级台阶。音节间的转换速度加快，高低音的衔接变得十分巧妙，音色还带上了点甜美，刚开始那颤颤巍巍的感觉已经荡然无存了。

每天早晨，小家伙和小鸟叔叔继续练习。有时会有别的绣眼鸟聚到鸟食台上，但小家伙完全不听它们的歌声，一直跟在小鸟叔叔的教导后面。两者的歌声逐渐靠近，融为一体，难舍难分地奏响同一个旋律。

"这次我唱得很不错哦。"小家伙滴溜溜地转着眼珠，向小鸟叔叔发来信号，小鸟叔叔点点头表示回答。这是只有他们才懂的信号。

自己一个人练习时，小家伙也越发上心。它以自己的想法解析范本，揣摩每个音节的高低和长短，再重新拼接起来，似乎总是很难满意。在小鸟叔叔听来，这一段已经没有问题了，但它却是反复琢磨，执拗地不断重复着同一小段，直到问题解决。为了不打扰到它，小鸟叔叔连收音机也不开了，也不和它说话，小心控制着呼吸坐在沙发上。面对一只鸟儿该采用什么样的态度，哥哥已经告诉过他，就是一直待着不动。

晚上因为已经不需要喂食或者担心突发状况，小鸟叔叔便将鸟笼放进了客厅的装饰柜里。父亲留在柜子里的书全部收进仓库以后，那里正好腾出了一个可以安置鸟笼的空间。

"今天开始，要练习自己睡觉了哦。"

也许是对新地方感到陌生，小家伙转着脖子打量着这个柜子。

"不要担心，自己睡肯定更舒服。"

检查了每个角落后，小家伙站在栖木的正当中，一字一句咀嚼般地认真听小鸟叔叔说话。

"晚安。"

轻声说出这句最喜欢的波波语，小鸟叔叔关上了门。担心小家伙害怕地闹腾起来，他在装饰柜前站了一会儿，但门里面一片安静。

"吱啾吱啾吱吱啾吱吱啾吱、啾吱吱啾啾啾吱——"

第二天清早，将鸟笼从装饰柜里取出放到窗边不久，小家伙一口气从头唱到了尾。音节、音调和节奏，都与昨天截然不同。

"咦？"

小鸟叔叔忍不住回头，小家伙则是一副"只要你想，听几次都可以哦"的神态，再度唱响这首刚刚完成的歌曲。他走到窗边，伸出双手，用手掌拢住了鸟笼（毕竟隔着鸟笼，也不能抱起小家伙了）。

不知不觉中，它已经长成一只真正的小鸟。不再需要纸箱和滴管，只要它想，可以随时飞向高空，自由自在地用歌声进行求爱。

小家伙的歌声是那么清澈，若将双手沉浸其中，皮肤里面的一条条血管肯定能清晰地浮现出来。同时它又兼具了厚度，温暖地柔软地包裹住小鸟叔叔的鼓膜。音符的粒子一个一个从小家伙的嘴进向四方，传到无限遥远的地方滚落开去，尚未消失之前又被新的粒子追上。粒子们互相重叠交织出更加精致的韵味，奏响不曾记录过的和音。

这么优美的歌声，竟然发自那张讨要食物、黏糊糊的嘴，小鸟叔叔有些难以置信。然而小家伙不受任何思虑的侵扰，全身心地在歌唱：蹬直双腿，拍打尾翼，滚动喉咙，也许是因为心灵雀跃，眼睛周围的白圈都鲜明了几分。小鸟叔叔觉得自己甚至可以看见它嘴巴深处的舌头，此时正在怎样复杂地运动。肯定不是吞咽食物时的单纯蠕动，而是描绘着充满魔法气息的神秘曲线。

"吱啾……"

小鸟叔叔本想和它一起歌唱，但立刻闭上了嘴。引导它唱起求爱之歌的确实是自己，但如今小家伙唱的和自己教的却早已不同，可以说完全不是一个种类。它已经不需要范本了，它有了属于它的独特音调，掌握了拼接每个音节的技巧。要是自己也能这样歌唱该多幸福，但不可能的，这些歌声是无法复制的，这是只属于绣眼鸟的歌声。

小家伙一口气唱下来。窗外的野鸟们也此起彼伏地叫起来，但没有一只比得上鸟笼里的小家伙。小鸟叔叔耳中能够听到的，只有眼前的它的歌声。

"不用勉强自己哦。"小鸟叔叔几乎忍不住呢喃。虽然想多多地倾听它的声音，但心底某处隐隐害怕：一直唱下去的话，会怎样呢？会不会整个身体弹飞开去，鲜血飞溅？站在这让人畏惧的美丽面前，小鸟叔叔一动也不能动。

然而，小家伙看上去没有一丁点的恐惧。

小鸟叔叔再次遵循哥哥的法则，只是安静聆听。

只有一点是清晰的，和小家伙分别的时刻已经近在咫尺。

十三

"真是厉害的歌唱家。"

没有任何寒暄,男子忽然出声,出现在了他面前。当时,小鸟叔叔和往常一样打开朝南的落地窗,正让小家伙晒日光浴呢。

"是春天的绣眼鸟吧?还很小嘛,刚刚离巢吗?"

拨开疯长的树枝,男子快步穿过院子。

"歌声太美妙了,一时没忍住。请原谅我的无礼,我按了门铃,可它好像已经坏了……"

男子解释般说道,一边将目光投向崩塌的别院和设置在那里的鸟食台。

"您是哪位?"

"我也养绣眼鸟。"

男子没有自报家门,似乎是说"养绣眼鸟这点比其他任何信息都重要"。

"两三天前,我因为工作路过这里时就注意到了。我是开铁匠铺的,有时候会来这附近拜访客户。你家的鸟叫得也够大声的,一问就知道了。看你的宅子,小鸟肯定会喜欢。听说你是'小鸟叔叔'？"

久违地听到这个称呼，小鸟叔叔瞬间警惕起来，但男子似乎从头到尾都只对绣眼鸟感兴趣。他大模大样地走过来，弯腰端详着鸟笼。他的工作服软趴趴的，明显穿了很久，戴着同色的帽子，脚上是一双施工现场穿的安全鞋，胸前口袋里塞着劳动手套，裤子上是斑斑点点的油渍。看上去比小鸟叔叔年轻几岁，但帽子里钻出来的头发却白得扎眼。他工作服的胸口处缝着一个有公司名称的徽章，徽章太小，看不清上面的文字。

"其他的绣眼鸟在哪里？"

小鸟叔叔没太听懂他的意思，下意识地"哈"了一句。

"只有一只吗？"

"嗯……"

"没想到，一只竟然就被培养成这么优秀的歌手了。我二十五年里养了不下五百只，能达到这种水平的最多也就两三只，就这么点。"

"我不是养鸟的，它受伤了，收留了一下。"

听小鸟叔叔这样说，男子露出了惊讶的表情，向鸟笼投去了更加饶有兴致的视线。

"嗬，是吗？偶然得到的啊，那痊愈了吗？"

"是，差不多。"

小家伙似乎发现自己成了他们谈论的对象，一副希望得到更多关注的模样，从栖木的一端跳到另一端，短促地叫了几声开完嗓之后，便开始展示自己最得意的歌声。眨眼间，它的歌声包围了两人，溢出院子，乘着风飘到更远的地方。

"怎么样，非常厉害吧？"

男子仿佛炫耀自己的小鸟般，说道："优雅而甜美，明朗且自如。"

但小鸟叔叔无法坦然地接受男子的赞美，自己也不知道为什么，就是心里不太舒畅。怎么对一个陌生人这么认真地歌唱呢，随便糊弄一下不就可以了吗？小鸟叔叔在心里对小家伙悄悄说道。

"你听，现在章节变了，音调也稍稍变了。它自己在变奏，玩得可开心了。真了不起！"

男子有太多对小家伙的赞美之词。但小鸟叔叔发现他的陶醉是假的，他眼睛里那束冰冷的光芒正仔细观察着小家伙，他的声音是粗犷嘶哑的，气息中还有烟草的味道，皮肤粗糙得不适合用来抚摸小鸟，指尖上还有倒刺，手上全是伤痕。

"毫无疑问是十年一遇的才华啊，我以我养了五百只的经验保证。"

"跟才华有关系吗？绣眼鸟的话，都能唱出好听的歌。"

"你虽然被叫作'小鸟叔叔',却是个外行啊。"

男子露出假惺惺的笑容:"唱得不好的多的是。有的绣眼鸟只会唱一些单调的歌,断断续续,声音也不好。你应该也听得出吧?"

"好听不好听什么的,我没想过。"

"哪个世界都有吊车尾,都有天才。要听的话,肯定都想听天才的歌声,不是吗?"

男子看向鸟笼寻求认可,仿佛为了回应他一般,小家伙再度唱起了歌。

"人类以及人类制造的乐器都无法发出的声音,这么小的一只鸟却唱了出来。如果成为饲主,就能独占它的歌声了。"

"您在饲养绣眼鸟吗?"

小鸟叔叔问道。

"算是吧。"

男子等到歌声告一段落才回答。

"野鸟你也养吗,不好吧?"

"你这问的。"

男子将脚放在小家伙曾经掉落的台阶上,自顾自地在鸟笼旁坐了下来。

"我很喜欢绣眼鸟,绣眼鸟为我歌唱。这有什么不好的?"

笼子再小一圈会更好，喂它吃切碎的蜥蜴声音会更圆润，得控制练习频度避免唱坏嗓子，偶尔会有野鸟保护协会的人上门得小心点。男子得意扬扬地讲述，小鸟叔叔没有说一句话。小家伙明显兴奋了起来，拍打翅膀还翻了个筋斗，看上去精神十足。不用这样，不用表现得这么热情的，小鸟叔叔无声地对它说。

"对了，"男子正了正帽子，摸着胡茬说，"这个小家伙，能把它给我吗？"

他的眼睛一直没看向小鸟叔叔。

"给？"

这个要求过于唐突，小鸟叔叔十分诧异。

"当然，我会付相应的价钱。"

"没什么给不给的，我马上就要放生了，就等它的体力恢复得再好一点……"

"反正你都要放手了，不是一样嘛。交给我的话，还能让它的声音变得更好。"

"为什么？"

"为了欣赏美好的东西，有什么问题？"

男子将脸更凑近鸟笼，手指伸进竹子缝隙里，弹着舌头逗弄小家伙。它一点都不害怕，反而发出愉快的叫声，片刻都不肯安静。

"你一定能在唱歌大赛上拿到冠军的。"

似乎发现男子的手指与小鸟叔叔的不同，小家伙兴致勃勃地啄着他骨节分明的手指关节。

"我给你比市场价高一半的价格。"

"这不是钱的问题……"

"你要是知道自己的绣眼鸟是多么厉害的歌手，想法一定会变的。"

"我当然知道，我从小和哥哥一起听着小鸟的歌声长大的。"

"嗬！"

男子点了点头，稍微思索了片刻："要不这周日你和我一起去参加那个唱歌大赛？我想你一定会喜欢的。至于要不要把绣眼鸟给我，去完了再做决定也行。"

"唱歌大赛是什么？"

"就是字面意义，绣眼鸟唱歌，我们享受。"

"啊……"

"不用想得太复杂，就是很多喜欢小鸟的人聚在一起。其实那边是不允许临时参观的，但跟我一起去的话就没问题了，我好歹也是副理事长。"

为什么事情会发展成这样,小鸟叔叔有些混乱。不管怎样,得让他快点离开,我只想和小家伙独处。

"这小家伙的歌声让我们相遇,就是缘分,所以一起来享受吧!周日有空吧?"

他的口气实在太过自然,小鸟叔叔连拒绝的力气都没有,只得弱弱地点了点头。

"太好了,那早上七点我来接你。啊,不好,我得回去送货了。打扰你啦,周日见喽!"

男子匆匆忙忙地离开了,背影消失在树木间,汽车的引擎声也逐渐远去。

小鸟叔叔立刻将鸟笼收进家里。小家伙一直盯着小鸟叔叔,仿佛在问:"刚才那人到底是谁呀?"

虽是春末,周日那天却有些寒意,有风,阴天。男子开着一辆送货用的小货车掐着点准时出现。

"天气要是再晴点状态会更好。算了,没办法。上来吧,里面塞了不少东西,别介意啊。"

男子穿着与第一次见面时一样的工作服,戴着一样的帽子,比上次似乎更健谈了几分。

"你运气真不错,今天可是这个季节最后一场唱歌大赛了,错过就得等到十二月。大家都带着自己最优秀的绣眼鸟大老远过来，奖金很不错哟。"

小鸟叔叔耐心地嘱咐完小家伙要乖乖待在家里，也没什么好带的，空手坐进了小货车。

车子穿过小桥，经过以前的宾馆，沿着河边的路一直朝上游开去。这辆小货车年头不短，男子开得又猛，也不知道哪里一直发出"嘎啦嘎啦"的恼人声音。河面逐渐变窄，群山近了起来，周边都是他从未见过的风景。到了这一刻，小鸟叔叔还是觉得十分神奇，自己竟然坐上不怎么熟悉的男子的车，还来到这种地方。为什么当时没有更坚定地拒绝呢，真是让人懊恼。

唯一值得安慰的是，男子再怎么狂妄自大，讲的也都是与绣眼鸟相关的事。为了让绣眼鸟能够一口气唱完一个长章节，平时应该怎样训练它们的肺活量？有些绣眼鸟临场表现力强，有些弱，如何区分？有些绣眼鸟的声音资质优越，为什么不能唱出美丽的歌？明明是闻所未闻的优秀歌手，为什么最终没能成为冠军……他的口中不断地冒出与绣眼鸟有关的话题。

除了哥哥以外，这是小鸟叔叔第一次遇见如此痴迷小鸟的人。当然，两人与小鸟连接的方法是不同的，但男子确实也以他特有的方式思恋着绣眼鸟，这是毋庸置疑的。

就在这时,小鸟叔叔忽然察觉到车厢部分的动静,转头看了一眼,用一块黑色破布盖着的货物一直堆到车顶。他下意识地想要掀开那块破布,忽然听见男子的口气意外强硬:"别碰!"他慌忙缩回手。

"不把光遮住的话它们就会随便乱叫,这样到关键时刻反而发不出好声音了。"

"不好意思。"

"到现场后得慢慢地让它们热身,那时候可讲究了。"

"这后面,全是绣眼鸟吗?"

"是,十六只。"

既然去参加唱歌大赛,带着绣眼鸟也不奇怪。可这数量实在太多了,而且它们又那么安静,小鸟叔叔忍不住吃惊地看了车厢好几眼。笼子们像积木一样堆在一起,在有限的空间里保持着绝妙的平衡。

"这么老实啊。"

"把它们装进旅行用的小笼子里,遮住光,就会变成乖孩子了。这也是训练的成果啊。"

接着,男子开始讲述人类和绣眼鸟心意相通时的畅快感,比如掐好时间点向绣眼鸟发出唱歌的信号,对方准确地接收并执行。这番话长得没有尽头,不知不觉间转移到之前培养出的冠军的身上去了。其间,十六只绣眼鸟没有一丝动静,一直在破布下面无声无息地待着。

开了约莫四十分钟后,车子离开了河边的路,走了一会田间小路,接着穿过高架桥,停在一座小山坡的山腰上。小山坡已经成了乱树林,这里出乎意料地有一片开阔的空地。空地四周随意堆放着一些金属管子、铁丝和木材,看着像资材库。应该是没人看管的,弥漫着一股荒废的气息。

但最让小鸟叔叔惊讶的,还是那些将车随意停在各处、心无杂念准备比赛的三四十人。他们把鸟笼摆在地上,坐在便携式的椅子里,或是一只一只地检查绣眼鸟,或是用针筒给绣眼鸟喂食,又或是把哨子一样的东西凑在嘴边确认旋律。空地东边的一角搭着一个帐篷,负责人模样的几个人有在纸上写淘汰赛流程的,有陈列奖品的,有抽着烟谈笑风生的。所有的都是男性。

每一只绣眼鸟都被单独关在小小的竹笼里,连翅膀都无法张开。有一些正为结束了漫长的旅行欢欣自在,轻松地鸣叫着。有一些依然包裹在黑布里,固执地坚守着沉默。总之,这里全是绣眼鸟。不管哪个笼子,都是绣眼鸟、绣眼鸟、绣眼鸟。

男子在一棵柞树的树荫下扎营,开始熟练地从车里取出笼子，并将其他所需的物品都摆放到固定位置上。每个动作都干脆利落，小鸟叔叔连搭把手的机会都没有。有几个人认出男子后亲热地过来打招呼。偶尔有人怀疑地打量小鸟叔叔时，男子就会说："这是我朋友，养了一只很棒的绣眼鸟。"小鸟叔叔不知道该做出什么样的表情，只好低着头避开了他们的视线。

  人越来越多，与此成正比地，绣眼鸟也越来越多。不知道为什么，来的人都是和男子相仿的年龄，穿着同样破旧的衣服。阳光还很弱，天空中布满薄薄的云层，风摇晃着柞树的枝干。比赛快要开始，男子开始了他所说的"讲究的热身"，神经质地将破布一会儿掀开一会儿盖上，并给绣眼鸟们喂水。在这期间，他还唠叨了一下今年唱歌大会上不甚佳的成绩、没能成功的原因以及他寄予厚望的绣眼鸟病死时受到的打击。小鸟叔叔觉得越来越无聊，都懒得附和了。周围充满男人们的声音，与风一起形成了旋涡。明明身边有那么多的绣眼鸟，可心里完全没有雀跃，反而有些窒息，就连脑袋也久违地疼了起来。和哥哥策划虚拟旅行时，行李总是准备得巨细无遗，今天怎么偏偏没有带上最重要的药和膏药呢，小鸟叔叔追悔莫及。

  唱歌比赛终于开始了。

  "好吧，就是你了！"

  男子左挑右选了半天，终于选出十六只中状态最好的一只绣眼鸟，拿着笼子走向了空地中央。

唱歌比赛与小鸟叔叔想象的完全不同。根本没有所谓"享受歌唱"的悠闲自适，现场充满了紧张、不容留情的气氛。每个人都精神高度集中，不露一丝马脚，被强烈的好胜心支配着。眨眼间，空地笼罩在他们散发出的氛围里，外界的声音全部被挡在外面，小鸟叔叔也不容分说地被关在里面，无处可逃。

空地中央打着两根桩子，中间留着适当的间距。每根桩子上各悬挂一个鸟笼，笼子上还盖着布。两名饲主分别在桩子旁边站好，中间是手持计数器的裁判，其他参赛者在他们周围围了一圈。随着裁判的一声令下，两名饲主迅速扯下笼子上的布挂在腰间皮带上，在此同时，一起吹响了脖子上挂着的竹哨子。竹哨子发出类似雌鸟的叫声，蒙蔽了绣眼鸟，强行让它们开始歌唱。率先连续唱完五首歌曲的为胜。饲主们就这样按照淘汰赛流程，一场场地对战下去。

小鸟叔叔战战兢兢地走向那个圈，站在最外围打量里面的模样。有的比赛很快就分出了胜负，也有的比赛持续很久难分高下。他无法区分谁胜谁败，也根本不想知道。裁判有时候竖起手指，有时候又弯起手指，那示意着某种结果，但小鸟叔叔无法破解。他只知道，绣眼鸟们都在拼了命地歌唱。

盖布被取下时，绣眼鸟们会有一瞬的惊讶，转动着眼珠，伸展开缩成一团的身体仰望天空。饲主们扯下盖布的动作有些夸张——盖布一角在空中翻飞，划出一道弧线，随后被夹在皮带上耷拉了下来——他们并非只是杵在那里漫不经心地吹响竹哨子，为了让竹哨子的声音更加接近雌鸟的叫声，他们的舌部微妙地运动。有些人还扎起马步，用两脚频频打出拍子，也许是在模仿雌鸟的动作吧。随着他们蹲下站起的动作，皮带上的盖布也一起晃悠。在小鸟叔叔看来，就像是一种奇怪的舞蹈。

但诚实的绣眼鸟们只要一听见笛声，就会"噌"地竖起仿佛藏在某处的无形的耳朵，歪着脑袋寻找求爱的对象，遵循体内无法抑制的指引开始歌唱。雌鸟的声音是假的，裁判手中握着计数器，但它们不在乎，只是将嘴巴朝向天空，唱出属于自己的最美的歌。歌声从鸟笼狭窄的缝隙溢出，飘到那些男人无法触及的高空，形成透明的结晶，一直飘浮。

那是小鸟叔叔非常熟悉的歌声，是曾与哥哥一起倾听过、一起模仿过的令人怀念的歌声。

这期间，对战持续着，红色油性笔在纸上画出一条条线，输掉的饲主被打上一个个"×"。一旦分出胜负，两方就迅速踮起脚，拔出腰间的盖布，抖一抖迅速盖在笼子上。哪怕一声都不能浪费。赢家的舞蹈轻快一些，输家响亮地咋舌，踹地面，甚至还有人撂下狠话引发争端。他们的怒声与绣眼鸟的歌声从不融汇。

终于轮到男子出场了。对手是一个大腹便便、看上去颇有些威严的老前辈，稍稍拖着左脚走路的姿势更是增添了些气势。比赛陷入胶着状态。男子皱着眉头，微妙地调整口哨声，有时像是撒娇，有时又像是鼓舞。与他相对地，老前辈用一种独特的节奏摇晃着突出的肚子和别在腰间的盖布，踏出与体形不相符的轻快节拍。云层比早上更厚了，阳光已经散去，风吹得帐篷哗哗作响。也许是这个原因，绣眼鸟一直没开嗓，只是在笼子中不停地蹦来跳去。好不容易要开始唱了，却很快垂头丧气地闭上了嘴。

男子的额头上渗出了汗水，帽子都快掉了。老前辈拖着脚步，在地面上画出乱七八糟的花纹。观众们抱起手臂，裁判每发一个信号都"唉"地叹一口气。小鸟叔叔不明白计数器上显示的是几，现在哪一方占了优势，只是拼命抑制着想要大声喊出"不想叫就别叫了"的冲动。头疼愈来愈烈。它潜入头盖骨的深处，张开大网，将脑浆五花大绑了起来。他几度伸手去按太阳穴，却一点没用。

忍无可忍的小鸟叔叔走到人群外，沿着空地的边缘漫无目的地走动起来。有几只没有轮到出场的绣眼鸟在笼子里拍打着翅膀。无论被关在多么小的空间里，眼睛周围的那圈白色总是清晰可见，勾勒出一个完整的圆形。有几个笼子挂着名牌，乔洛、杰克、桃子、乔克……每个名牌的边角都有不同程度的磨损，沾了粪便，名字也不清晰，几乎难以辨认。有几个人围坐在塑料垫子上喝着啤酒，可能是想缓解早早落败的郁闷吧。旁边坐着一个似乎进入第二轮比赛的人，正在擦拭被口水堵住的竹哨子。

男子与老前辈的比赛看上去还没有结束的意思，透过一堆观众可以窥见摇摇欲坠的帽子和晃动的肚子。偶尔响起美妙的鸣啭声和人们的欢呼声，但随后又是一阵漫长的等待时间。

小鸟叔叔回到男子停车的地方，靠在柞树树干上。

"可以不用唱的，这里没有求爱的对象。"

闭上眼将额头抵在树干上，一阵隐隐的凉意传来，他暂时忘却了疼痛。黑暗中，浮现出小家伙的身影。它正站在栖木上缩成一团，侧耳寻找着小鸟叔叔的踪迹。

"不管你唱出多美的歌曲，都不会有人回应的。"

没有人注意到他的声音，也没有人注意到这个叫"小鸟叔叔"的老人。

"很遗憾，你所追求的对象不在这里。"

小鸟叔叔对着黑暗中的绣眼鸟说，随后睁开眼，走向男子堆放的笼子。他一个接一个地打开了笼子的盖子。一阵大风吹过，卷起纷纷扬扬的沙土，与此同时，竹哨子声更大了。但他的耳朵什么也听不见了。绣眼鸟们起初并没有察觉到盖子打开了，一边小心谨慎地打量着四周，一边疑惑着将脚踩在笼子口。

"去吧，你们可以走了。"

小鸟叔叔打开了所有的盖子。终于，最胆大的一只飞了起来，以它为信号，剩下的绣眼鸟也陆陆续续地跟了上去。起初翅膀拍得还有些局促，但很快就找到了感觉，在他的头顶盘旋一圈以后，有的绣眼鸟飞到了柞树的树枝间玩闹起来，有的绣眼鸟朝着更高的空中飞了出去。目送最后一只的翅膀消失在云层后，小鸟叔叔奔跑着逃离了那里。

背后传来喧闹声，不知是有人察觉到了异样，还是沉醉在对战中的观众发出的喧嚣。小鸟叔叔只是一直奔跑。每当途中碰见不知谁堆在路边的鸟笼时，就打开盖子，来不及确认绣眼鸟是不是逃脱成功，继续奔跑。身后似乎传来追赶的脚步声，小鸟叔叔只是奔跑。跑下山丘时摔了好几跤，手掌擦破了，膝盖也撞了，但他都没有感觉到，只有脑袋一跳一跳地疼。

好不容易跑到高架桥下，回头看去，只见田野的另一端孤零零地伫立着那座被树林覆盖的小山丘。男人们在里面拼命比赛,然而山丘不受影响,静静地横在那里。小鸟叔叔靠着混凝土桥墩蹲了下来,一边咳嗽一边大口喘气。仿佛是目送他一样,山丘上空的一个小点划出一道曲线,也不知道那是不是绣眼鸟。

拜托路边农家叫来一辆出租车,中途又换乘一辆公交车,小鸟叔叔好不容易回到家里。这时,已经是傍晚时分了。小家伙在窗边乖乖地等待着。

"把我自己留在这里,你去哪里了?多让人担心啊。"

小家伙像是责备又像是安心地在鸟笼中飞来飞去,扬起几片羽毛。小鸟叔叔在旁边坐了下来,喝干一杯水,抚摸着鸟笼。手掌上的伤口,血已经凝了,沾了些沙;卷起衬衫的袖子,手肘上有乌青;裤子的膝盖处被泥巴弄脏了。

"真太糟糕了。"

小鸟叔叔小声说,胸口的悸动还没有平稳,头疼配合着脉搏掀起层层波浪。

"但是,已经没事了。"

风静了,云层散开,微弱的阳光落在别院的废墟上。别院不断腐朽,一点点改变形状:缠满藤蔓,哺育新的种子,最后为青苔所覆盖,看上去像是一个活物。从某些角度看去,轮廓和父亲读书时的背影有几分相似。院子里高高耸立着几棵大树,树上长满绿色的新芽,自由地伸展着枝叶,保护着这个小小的家。早上来不及打扫的鸟食台上散落着几块苹果皮,两只白头翁正用嘴尖戳着玩闹。

"哔唷——哔唷——"

阳光中不时地穿过几声高亢而尖锐的清脆叫声,叫声形成轨迹,在空中划出一道清晰可见的直线。

这里只有小鸟和小鸟叔叔。屋里是母亲的照片和哥哥制作的小鸟胸针,眼前则是废墟。这就是全部。

小鸟叔叔与小家伙一起呆呆地凝视着院子。唱歌比赛的情景已经远去褪色,形同幻觉。既然是幻觉,也就不用担心男子打上门来了。

太阳逐渐西沉。不知不觉间,白头翁已经离开,苹果皮干枯发黄,别院的一半笼在阴影里。

"吱啾吱啾吱吱啾吱吱啾吱、吱啾吱啾吱吱啾吱——"

没有任何前兆和信号,小家伙忽然叫了起来。白圈中的瞳孔直直地注视着小鸟叔叔。

"不用为了我唱歌哦。"

小鸟叔叔将脸凑近鸟笼,轻声说。

"明天早上就从笼子里出发吧,回到天空中去。"

伸长耳朵，似乎就能听见哥哥的声音，哥哥的声音轻柔地包裹住头疼。只要有小鸟的歌声在身边，就足够了。只要波波语相依相偎，就足够了。

夕阳的光辉充满了整个院子。离日落还有一点时间，为了多听一些哥哥的声音，小鸟叔叔将鸟笼抱在胸前，躺了下来。

"我好像有点累了。"

小家伙从栖木上跳了下来，走到他的耳边。

"你睡一觉，睡醒了就有精神了。"

绣眼鸟再度唱起歌来，那是献给小鸟叔叔的歌。

"这美妙的歌声，你要好好珍藏起来啊。"

小鸟叔叔沉浸在再也不会醒来的梦里。小家伙就这样，在他的怀中不停地歌唱。

致　谢

　　谨向写作本书时给予大力支持的东京大学神经生态学的冈之谷一夫教授、全国野鸟偷猎对策联络会的中村桂子女士、朝日放送的大竹礼文先生致以诚挚的感谢。

著　者

Kotori

Copyright © 2012 by Yoko Ogawa

First published in Japan in 2012 by Asahi Shimbun Publications Inc., Tokyo

Simplified Chinese translation rights arranged with Yoko Ogawa

through Japan Foreign-Rights Centre / Bardon Chinese Creative Agency Limited

本书中文简体字版版权，浙江文艺出版社独家所有。
版权合同登记号：图字：11-2021-034 号

图书在版编目（CIP）数据

小鸟 /（日）小川洋子著；戴华晶译. —杭州：浙江文艺出版社，2023.3
ISBN 978-7-5339-7011-6

Ⅰ.①小… Ⅱ.①小… ②戴… Ⅲ.①中篇小说-日本-现代 Ⅳ.①I313.45

中国版本图书馆 CIP 数据核字（2022）第 206457 号

统筹策划	柳明晔	**封面插画**	刘 洁
责任编辑	王莎惠	**装帧设计**	尚燕平
责任印制	吴春娟	**数字编辑**	姜梦冉 诸婧琦

小鸟

[日] 小川洋子 著　戴华晶 译

出版发行	浙江文艺出版社	
地　　址	杭州市体育场路 347 号	
邮　　编	310006	
电　　话	0571-85176953（总编办）	
	0571-85152727（市场部）	
制　　版	浙江新华图文制作有限公司	
印　　刷	杭州富春印务有限公司	
开　　本	880 毫米×1230 毫米　1/32	
字　　数	136 千字	
印　　张	8	
插　　页	4	
版　　次	2023 年 3 月第 1 版	
印　　次	2023 年 3 月第 1 次印刷	
书　　号	ISBN 978-7-5339-7011-6	
定　　价	65.00 元	

版权所有　侵权必究